经典写作课
WRITING

小说教室

［实践］小説教室

〔日〕根本昌夫 著
Masao Nemoto
陈佩君 译

人民文学出版社
PEOPLE'S LITERATURE PUBLISHING HOUSE

著作权合同登记号　图字 01-2018-4293

图书在版编目(CIP)数据

小说教室/(日)根本昌夫著;陈佩君译.
—北京:人民文学出版社,2018(2022.12 重印)
(经典写作课)
ISBN 978-7-02-014510-2

Ⅰ.①小…　Ⅱ.①根…②陈…　Ⅲ.①散文集-日本
-现代　Ⅳ.①I313.65

中国版本图书馆 CIP 数据核字(2018)第 189568 号

责任编辑　**甘　慧　邰莉莉**
装帧设计　**高静芳**

出版发行　**人民文学出版社**
社　　址　**北京市朝内大街 166 号**
邮　　码　**100705**

印　　刷　**山东新华印务有限公司**
经　　销　**全国新华书店等**

字　　数　**114 千字**
开　　本　**889×1194 毫米　1/32**
印　　张　**5.5**
版　　次　**2019 年 3 月北京第 1 版**
印　　次　**2022 年 12 月第 4 次印刷**

书　　号　**978-7-02-014510-2**
定　　价　**39.00 元**

如有印装质量问题,请与本社图书销售中心调换。电话:010-65233595

目录

第一章　何谓小说？ 001

一　小说不是“叙事” 003

散文和传闻也是小说 003

小说是内在的“非虚构” 004

纯文学和通俗小说有什么不同？ 007

“小说”这个业界的历史 009

一本好小说拥有多重面貌 011

发挥语言拥有的力量来写作 012

二　适合或不适合成为小说家的人 014

成为小说家需要具备什么条件？ 014

小说的写法和正确的语法不同 015

写小说需要特殊的才华或经验吗？ 017

小说家也是普通人 019

小说其实是一种实业 020

当人兴起“想要写小说”的念头时 021

不适合当小说家的人 022

三　目标成为小说家 024

今昔踏入文坛的方法 024

目标获选新人奖 025

决定新人奖奖落谁家之前 027

研究趋势和策略没有意义 028
芥川奖是纯文学的新人奖 030
踏入文坛后 031
当作家有适龄期吗？ 032
当小说家能赚钱吗？ 033

第二章 提笔写小说 035
一 写小说这回事 037
“如何”描写“某物” 037
无法直接写出现实 039
语言具有任意性 040
“想写的事”和文章之间的距离 041
什么是具有真实感的小说？ 042
二 决定主题 045
要写纯文学，还是通俗小说？ 045
要写短篇小说，还是长篇小说？ 046
“转折点”与“危机”就是主题 047
一定存在只有你才写得出来的小说 048
小说主题的灵感 050
如何查证想描写的领域？ 051

三　小说的种种写法 053
规划出简单的设计图 053
直觉让小说更有趣 054
写出角色人物的小档案 056
主角要用第几人称？ 057
“绝无仅有”的好标题 058
开场白是小说整体的缩图 059
好作品都有精彩的开场白 068
文风可随作品而异 071
如何精进描写的手法？ 072
生动的对话 074
写亲身体验时该注意的事项 075
结局不可缺少之物 076
创作通俗小说的重点 077
写作遇到瓶颈时 081
没有不遇到瓶颈的人 082
让作者突飞猛进的“绊脚石” 083
动摇“理所当然”的事 084
四　实践篇：从身边的事物开始练习写小说 086
试以“家庭”为题写小说 086

范例文 087

第三章 深入阅读，细细品味 107

一 小说的读法 109

阅读要广泛，写作要精简 109

小说有四种和四次的读法 110

好小说具有“架构”和“多重面貌” 112

二 作品解说1：小川洋子《博士的爱情算式》 113

成为小川洋子转折点的作品 113

“上帝的笔记本”所代表之物 114

对阪神虎队的爱 116

理想的男女关系 117

三 作品解说2：山本周五郎《城中之霜》 120

以“安政大狱”史实为题材 120

掌握小说关键的辞世诗 121

受到无名小卒的支持 123

四 作品解说3：村上春树《海边的卡夫卡》 126

村上春树为何独占鳌头？ 126

同时并行的两个故事 127

阻止“911”事件 128

五　作品解说4：绵矢莉莎《欠踹的背影》《亲爱的闺蜜》 131
高中女生小初的孤寂 131
与《金色夜叉》的意外关系 132
初实苦涩的夏日回忆 133
绢代离去的原因 134
活在消费社会的年轻人 136
受符号摆布的危险世代 138
六　作品解说5：町田康《阿楠与大黑》 141
滑稽的正统派文学 141
寻找失去之物的代偿 142
不舍弃就无法前进的世代 143
角色的名字所隐含的意义 145
处女作是宣示的场地 145
七　参考文献 147

作为后记　人为何要写小说？ 149
写小说的魅力 151
愈写愈有意思 151
从过去某个时刻重活一次 152

站在约定俗成的世界之外 153
没有枉然的人生 154

书末对谈 角田光代与根本昌夫
——慢慢写下相信的事物 156
写小说是难为情的事? 156
不读书就写不出来 158
好小说具有让人一读再读的铺排 160
慢慢思索答案 161
写下自己想要相信的事 163
吃过苦的作家实力强健 165

第一章　何谓小说?

一

小说不是“叙事”

散文和传闻也是小说

“‘小说’是什么？”

如果被问到这个问题，你会怎么回答呢？

即使热爱小说胜过三餐，立志成为小说家，对小说的一切了如指掌的人，对于这个问题似乎也觉得难以作答。就算是平常会看小说的人，或许也从来没想过小说的定义。

“不过，简而言之，小说就是‘叙事’吧？”

“小说就是指虚构的故事吧？”

真的是这样吗？

且让我们查查词典吧。

翻开日语词典，关于小说的释义有“透过作者的构思，描写人物、事件或人间社会，具有故事情节发展的散文体作品”（《岩波国语词典》）等说法。

汉和词典（《角川新字源》）上记载，小说是“不足道也的议论”。也就是说，相对于君子以国家、政治为职志写下的文集称为“大说”，关于日常之事、传闻、幻想等的文章，定义为“小说”。

第二种释义是，“民间故事、寓言、怪谈、随笔等的总称”。

然后，第三种释义终于接近大家一般对“小说”抱持的印象——“根据作者的想象力构成散文的文学作品”。附带一提，“构思”的意思是思考如何组合主题与形式等各个要素。

简而言之，看来把小说理解为“什么都可以”也无妨。包含散文（随笔）在内，发挥想象力的虚构故事也行，甚至连传闻好像也可以算在内。

就这层意思而言，写小说绝对不难。

小说，很自由。

所谓写小说，就是从内心的感受、想法、思绪、回忆之中，选出重要的事来表现。把重要的事写下来，传达给别人。看似简单，其实并不容易。因为每个人感受、诠释事物的方式都不一样。要把自己内在的事，传达给和自己感受、诠释方式不同的他人，是需要下功夫的。到底是什么样的功夫呢？接下来请跟着本书一起进入探讨。

小说是内在的“非虚构”

山田咏美①曾在和佐伯一麦②对谈时，说“小说是内在的非虚构”。虽然采用虚构的形式，但是小说里一定含有“真实”的成

---

① 山田咏美（1959— ），日本小说家，出生于东京市，因作品《贤者之爱》颇受好评，被誉为“有资格继承谷崎润一郎衣钵的作家”。

② 佐伯一麦（1959— ），日本小说家，出生于仙台市，著有《散漫的男孩》《塔楼家庭》等。

分。关于这份真实的含义，小说可说是“另一个可能的世界”。

这个“真实”也可以置换成“哲学”或“科学”。虽说是哲学，其实并非艰深难懂的事，像“自己是谁”“人从哪里来又要往哪里去”这类的疑问，相信不论是谁都曾经思考过。此外，或说科学也并不是指会出现什么公式。除了物理学、化学、数学这些自然科学之外，还有政治学、经济学等社会科学及文学、历史学等人文科学，这类具有逻辑性的学问也应把它视为一种科学。

小说既是哲学，也是科学。

小说容易被认为与哲学、科学无缘。不过，只要追溯小说的起源，就会了解小说其实原本是哲学，也是科学的事实。

大体而言，文艺复兴前的中世纪欧洲讲求“遵从神的律法而活”，是个由基督教主导的社会。到了文艺复兴时期才转变成以人为本的“人文主义”。然后在16世纪的时候，蒙田写下《随笔集》，问“我知道什么呢”，也就是“我知道何事（其实我并不是什么都不知道）”，尝试“自我探求”。以伦理社会的说法而言，是一场从“观念论”转向“经验论”的巨大思潮。换句话说，也就是从超俗回到理性的变革。

在17至19世纪间，理性的戏剧和小说诞生了。哲学开始和故事融合。故事从神话、传说或劝世文等这些和作者没什么关系的内容，演变成出自作者经验的“内在的非虚构”，也就是具备某一种“真实”的小说开始出现了。

早在西洋的哲学和思想传来的明治时代以前，江户时代的小说作为一种科学，肩负着启蒙的功能。例如，井原西鹤的

《日本永代藏》，内容就含有启蒙经商之道的“社会科学”，还有曲亭马琴以八项道德名目塑造人物角色的《八犬传》，也可以说是包含了道德方面的“人文科学”。

追本溯源来看，就能够了解小说不只是虚构的叙事，也是融合了故事和哲学的文体。

那么，为什么小说的作者要刻意把“我是谁”“人从哪里来又要往哪里去”“人该如何活着”这些问题的答案融入故事里呢?

那是因为比起用直截了当的话语来回答，融入故事更能传进读者心里。

好比说，与其直接听闻“人类需要爱”这句话，大家也都是读了小说后感到“啊，人果然需要爱啊，爱真的很重要”这样更能深植内心吧。

另一种情形是，选择小说这种表现形式也可说是一种必然的结果。虽然无法用语言完整地描述出来，但如果你想描写的“真实”是难以用笔墨形容、无意间的冲动、没有符合字眼的微妙感觉、漠然的视觉映像等情况，那就只能融入作品的字里行间或整体故事所营造出来的感觉上。

我常听说有作家亲自出马挑战以自己的作品为考题的测验。“这个作者想说的是下列 A 至 E 中的何者？请选出最接近的答案”，面对这样的问题，作者往往自认为“我想说的不在 A 至 E 当中”而无法作答，这种情形屡见不鲜。这些作家大多表示：“如果我想说的事能归结在六十字或这样简短的话里，那打从一开始就不会选择‘小说’的形式了。”

"故事"扮演了糖衣的角色，让人更愉悦、印象更深刻地服下名为"哲学"的药方，又或是"故事"本身已经加入了"哲学"的药方。

纯文学和通俗小说有什么不同?

说到小说的种类，大家会想到哪些类别呢？首先有"纯文学"这个领域吧？然后还有"通俗小说"，而且还能再细分成悬疑小说、时代小说，等等。

纯文学和通俗小说的界线混淆不清，难以严格区分。不过就现实而言，在日本有刊登纯文学作品的文艺杂志（如《新潮》《文学界》《群像》）和以娱乐性为主的小说杂志（如《小说新潮》《OORU 读物》《小说现代》），可说是小说的两大派别。

在此不妨根据先前提到的"小说是融合哲学的文体"的定义，试着区分纯文学和通俗小说吧。

在小说里，故事和哲学两者缺一不可。纯文学和通俗小说也都由这两者组成。

一般而言，纯文学和通俗小说当中，故事或哲学所占的比例并不一样。

哲学比例高的是纯文学。即使多少牺牲一点故事元素，也要强调"我是谁""人该如何活着"的，就是纯文学。

故事的比例较高的就是通俗小说。通俗小说追求的是故事的趣味。

相对于通俗小说的目的是为了让读者乐在其中，纯文学则是要求读者“思考”。当然，阅读通俗小说时也会进行推理等思考，但是较少哲学层面的思考。通俗小说会让人一头栽入故事的世界。

高桥源一郎①曾这样比喻——假设作品和读者之间有一百米的距离，所谓的阅读体验，就是两者在半途相会。

作品或作者以能传达给读者的表现方法或描写，步步向读者靠近。

读者依据读取作品的意图，步步向作品靠近。

取得最佳平衡的作品，是能够让作品和读者在五十米处的中心点相会的作品吧。

不过还是有一些前卫的小说或难懂的小说，必须由读者向前走九十米。

纯文学相对来说也是要求读者走近。也就是说，作品要求读者具备一定程度的知识、教养、人生体验、阅读经验或鲜活的感性。

与此相反，作品靠近读者比较多的是通俗小说。

不过，如果是自己打算写通俗小说的话，必须注意不可朝向读者走满一百米。因为读者什么都不用做的作品形同无趣。在这一百米之内，也要留下让读者参与的空间，这才是作家的工作。

顺带一提，电视就是朝观众走满一百米的媒体。观众只要被动地接受就好，就算再疲累也还是默默地收看。

---

① 高桥源一郎（1951— ），日本小说家、文学评论家，明治大学教授，著有《再见，克里斯多弗·罗宾》《日本文学兴衰史》等。

读小说需要劳力和努力。正因为如此，阅读后的充实感也特别深刻。

读到优秀的作品时，读者偶有“这个主角简直就和我一模一样”的错觉，之所以能把读者拉进作品中的世界，可以归因于成功诱使读者“向作品靠近一些”。让读者以自身为主体前进，如同拥有“正因为是我才能对这个形象产生共鸣”的特权，也是作品的一种铺排手法。

“小说”这个业界的历史

试着稍稍回顾“二战”后的日本文学史，昭和三十年代（1955 年到 1964 年）左右是纯文学占优势。当时的作品质量高，阅读的人也多，是写纯文学的作家锐不可当的时代。“作家都在银座喝咖啡写作”这样的印象也是源自那个时期。

不过，大概从昭和三十五年（1960 年）起，“中间小说”开始受到青睐。

“中间小说”是久米正雄[①]创造的词汇，当初由请纯文学作家写通俗小说而发端。

目的是扩大读者群。当时的纯文学对一般读者启蒙“何谓近代”“在这个时代该如何活着”，宛如人生的导师。这样的纯文学添加了娱乐元素，希望吸引更多人来阅读。出版社请纯文学作家撰写不失高质量、更富娱乐性的作品，试图借此拓展作品

① 久米正雄（1891—1952），日本小说家、剧作家，曾与芥川龙之介一同投入夏目漱石门下学习写作，深得其重视，著有《父亲的死》《银币》等。

的广度。

另一方面，推理小说、科幻小说、奇幻小说、历史小说等的类型小说也开始在此时崭露头角。当时，这些类型小说又被称为“通俗小说”。

不过，这个时期的推理小说或科幻小说，普遍被认为层次低于中间小说。推理小说和科幻小说少有获直木奖的作品，可以说就反映出了这一点。三度落选直木奖的筒井康隆[①]对此气愤难平，写了一本名叫《大力助跑》的小说，内容是“直拱奖”（讽刺直木奖）的评审委员全被杀光的故事。

虽然如此，从那时开始，推理小说和科幻小说就受到欢迎，昭和三十九年（1964年）左右，专门连载推理小说的杂志发行了。结果，销售量超出预期，从此以后中间小说的编辑也开始致力于类型小说了。从请纯文学作家写娱乐性的小说，转变成培养专门写推理或科幻小说的作家。

当时，小说杂志的销量很惊人。《小说新潮》《小说现代》《OORU读物》这三大杂志加起来，每个月的销售量约有一百万册之多。在那个时代，小说杂志是出版社的支柱。池波正太郎[②]在这三本杂志都有执笔，可谓超级畅销作家。其他还有丹羽文雄、舟桥圣一、松本清张、井上靖、五木宽之、井上厦、司马辽太郎、有吉佐和子等多位作家一起撑起了小说杂志。

---

① 筒井康隆（1934— ），日本科幻小说代表作家，与小松左京、星新一一并称日本三大科幻作家，著有《穿越时空的少女》《梦侦探》《大力助跑》等。

② 池波正太郎（1923—1990），日本时代小说、历史小说代表作家，著有《错乱》《剑客生涯》等。

重新回顾过去，或许可说那时是小说杂志的巅峰期。

一本好小说拥有多重面貌

话说回来，你觉得所谓的“好小说”是什么小说呢?

对你而言，什么样的小说才算是“好小说”呢?

我认为，具有“值得一读再读的架构或铺排”的作品就是好小说。

说得再简单一点，好小说就是“拥有多重面貌的作品”。可以这样解读，那样解读，随读者或阅读时期而异，有不同的读法，我认为这样的小说就是好作品。

请你不妨试着想想和自己最亲近的人。就算觉得自己很了解对方，但在长久的相处下，有时仍会惊讶地发现原来对方也有令人意外的一面吧。人类不只有正面的脸孔，也有侧面和背影。

同样的，小说也不只有正面的脸孔，还有侧面、背影、从上往下看的姿态或是从下往上看的样子。比起平面的小说，充满立体感、有凹有凸的作品更精彩，且意味深长，可以令人留下深刻印象。

德国有一种小说被称为“书报摊小说”。在街角的书报摊买来这种小说，于当天阅读完毕后就能丢进垃圾桶。也就是说，这是为一时所需、可用完即丢的小说。

作为短暂的慰藉，书报摊小说也有其存在的功能。不过，我还是认为经得起一读再读的小说才是有价值的小说。

所谓经得起一读再读的小说，不是指读过一次后马上想读第二次的意思，而是好比说，二十几岁的时候看过、到四十几岁时又会想重温一遍的小说。二十几岁看和四十几岁看，印象最深刻的场面应该会有所不同吧。理解度和感想也完全不一样才对。我的意思不是说何者才是正确的读法，而是指一本丰富的小说，能让人每次阅读时都有不同的收获。

或许可以这么说，作家在作品中铺设的真实，不是只有一面，而是多面体，或者不管刻意或无意，作家已经把复数的真实融入作品里。

像这样值得一读再读的小说当中，也常暗藏着只读一次应该不会发现的“伏笔”或“铺排”。发现第一次读时没注意到的巧思，仿佛窥见作者的创作历程，也十分值得玩味。

发挥语言拥有的力量来写作

说到“架构和铺排值得一读再读的作品”，其实也可以说成“具有多重结构的作品”。好小说不会是单线阅读的故事，往往是以复数的主题相叠而成。

例如第三章会再介绍的绵矢莉莎[①]的《亲爱的闺蜜》。这本书不只是二十八岁“粉领族”的恋爱小说，虽然当作恋爱小说来看也很有意思，不过作者在这部小说里安排的架构具有多重样貌——现代人的恋爱实态、实体与代号（符号）的问题、“粉领

---

① 绵矢莉莎（1984— ），日本小说家，凭《亲爱的闺蜜》获大江健三郎文学奖，另有作品《欠踹的背影》《不想恋爱》等。

族”日常的哀愁。深入阅读的话，就会察觉出作者对社会的问题意识，或从幽默的背后传达出的讽刺精神。

不过，听到“好小说具有多重结构”，好像是什么高难度的技巧，或许会让人对于写小说退避三舍。

其实用不着担心。不可思议的是，就算写作时不特别意识到这一点，写得出色的作品自然就会具有多重结构。因为身为作者的你心中多重的感性、多重的主题会不知不觉地显现在作品上。

小说以语言构成，语言本身就具有多重的含义。既然用语言书写，就好好运用语言所拥有的力量。不只是作为传达故事的工具而已，写小说时要投入许多含义和心意在其中，好小说就是这样得来的结果。

就小说的类别而言，比起通俗小说，纯文学较易成为值得一读再读、具有多重结构、可深度品味的作品。另一方面，就算故事直线发展，较有趣味的是通俗小说。两者没有好坏之分，但对于想尝试写小说的人，我建议多读纯文学的作品。

通俗小说还是以故事为主，纯粹享受故事的乐趣更胜于蕴藏哲学性的含义。

我这样说，可能会让人以为纯文学的作家比通俗小说作家更加才华横溢、作品更具高度。不过实际上，我觉得或许正好相反。想要写出真正精彩好看的故事，似乎真的需要具有一种只能名之为“才华”的潜能。

二

适合或不适合成为小说家的人

成为小说家需要具备什么条件?

成为小说家需要具备的条件，非“干劲”和“热情”莫属了。就算拙劣也没关系，但要一直创作。

我在文化中心开设的小说写作班中，最资深的一批学员已来上课超过八年。他们几乎都拥有通过新人奖第一次初选的经验。也有几位获得新人奖，从此踏入文坛成为小说家。

他们绝非什么特异人士，都是平常在公司上班的普通人。不过有个共通点，他们都大量阅读小说，并且持续写作，决不轻言放弃。

如果真心想要成为小说家，就不能半途而废。在我指导过的学生当中，也有几人让我不禁感叹“那个人那时要是没放弃的话……”，明明已渐入佳境，却中途放弃，让我惋惜不已。

所以不能轻易放弃写作，也不能中断把小说的事放在心上的习惯。我常常对学生说，不管工作或学业多忙碌，每天至少得花一小时思考关于小说的事。

在当上小说家前半途而废的人之中，甚至有人已经入围了新人奖的决选评审。“为什么？只差一步，太可惜了”，一定连你也这么想吧？

其实，入围决选要经历相当严苛的筛选。如果就这样顺利得奖那还好，如果没得奖，还必须接受来自评审委员的严格评论。

我曾任文学杂志的主编，也试读过新人奖募集而来的作品，所以很清楚新人奖的遴选过程。因此我敢这么断言——入围作品和得奖作品几乎是同样水平。至少主办文学奖的出版社是基于“不管五篇的写作者当中谁获奖，都希望对方具有将来成为作家的潜力”的标准选出最终的入围作品，所以大可心安理得地抬头挺胸。

但是，评选委员们必须针对落选作品说明落选的理由。因为阐明得奖作品和其他作品之间的差异是评审委员的职责。

“这部作品是这里不好”，这样的评语有时刚好说中该作者的最大弱点。被别人一语道破的打击太大，所以有人在此时受挫放弃。

当然也有人因此发愤图强，写出令人刮目相看的作品。不过要是太在意被点出的缺陷，一心只想着改变，有不少人反而连自己的优点都失去了。

小说的写法和正确的语法不同

为了成为小说家，有些人会开始努力学作文，也就是学习正确的日文语法，训练写出浅显易懂的文章。

虽然这也有一定程度的重要性，但说到对于写小说是否必要，则并非绝对。小说的行文其实不一定要有正确的语法或是浅显易懂。

举例来说，试想以下的句子：

“我从行驶中的巴士看到车窗外有几株月见草开花了。”

这句话要表达的事情很明白，语法上也没有错误，不过并没有真实地传达出“我”的感受。

对于“我”而言，这时的感受应该是“看到了，是金黄色的，原来是月见草啊”。“我从行驶中的巴士看到车窗外有几株月见草开花了”这样的直述句就是所谓的应试作文。

小说的行文是更加自由的。“一朵金黄色的月见草花，上头还留着鲜艳的花瓣”，若能像太宰治这样表现的话，那是最棒的了。“我从行驶中的巴士看到车窗外……”不用像这样整理信息，反倒是不要整理信息更具有传达力，这就是小说的世界。

川端康成的《雪国》的知名开头——“穿过县界长长的隧道，便是雪国”——也不是具备充足信息的句子。不过接着读下文，主述者是什么人？雪国是哪里？都会逐一变得清晰起来，而开场的第一句话本身也显得栩栩如生，可以了解这句话象征了整本小说。

这一点其实很重要。写报告或报导文的时候，我们常听到内容必须具备 5W1H①，小说的行文就这方面而言很自由。反而是怎么省略语言并带来更强烈的效果比较重要。省略掉的诸多形容词句或说明文，就是要请读者自己用想象力去补足，这样才具

① 即 what、when、where、why、who、how。——译注

有引发读者的想象力的效果。

写小说需要特殊的才华或经验吗？

很多人认为成为小说家需要出众的才华或个性，尤其少不了天马行空的想象力和创造力。

但我认为写小说所需的想象力和创造力，并非奇特之物。没有异想天开的幻想也没关系。

例如，请试着想象“如果自己比现在高十厘米，这个世界看起来是什么样子”。如果你是男性，请想象“假如自己身为女性”，如果你是女性就想象相反的情况。光是这样，描写出来的风景应该就会不一样，有如此的想象力已然足够了。

写科幻小说的情况也是一样，不需要能幻想出一个全然无中生有的宇宙般的想象力。如果能想象出“如果自己的身高有两米会怎么样”，那应该也能想象出一米高的自己。

反倒是仔细、深远地观察身边事物的心思比较重要。例如看着洗衣机里的漩涡，从中感觉到宇宙，然后用丰富的词汇表达出来，反而是这样的人能写出好作品。

也有人认为，如果没有特殊经验就写不出小说。

关于这一点，我总是以“充分与必要条件”来说明。

假设有个实际体验过战争的人，试问那人是否就能写出非常写实又出色的战争小说呢？答案是未必。战争的体验对于写小说也许可以成为必要条件。但是，如果没有满足“需以能传达给读者的话语或文章写成”这项条件，就不算是一部好小说。

人们常说：“不管是多么特殊的体验，若没经过相对化就无法具有普遍性。”要以小说的形式用语言向众人传达，也就是试图相对化，在这个过程中“特殊的体验”往往反而容易沦于陈腐而变得平庸。

要把体验直接传达给他人是相当困难的。

话虽如此，也有人以司空见惯的日常生活题材写成出色的小说。

显而易见，这些人所拥有的特质除了丰富的感性之外，还有“语言”这个关键词。说到写小说必要的条件，比起特殊的体验，“语言”或许更为重要。在语言的层面上，用字遣词的品位对于写小说而言，更是不可或缺的要素。

关于小说，常有人误认为只要写一些反社会的事或泥泞不堪的内幕就是小说。

例如，写一篇小说描述平常谨言慎行的自己其实内心住着一个“色老头”，有人以为这样就是“写出真实的自己”。我不得不说这是天大的误解。

如前文所述，任何一个人除了正面的脸孔之外，还有侧面和背影，作者以独到的观点捕捉这些姿态就是小说。话虽如此，像“内在其实是个怪胎”之类的事，其实不必特地开诚布公地写出来。

不论是谁，只要剥开一身臭皮囊，里头当然是黏糊糊的内脏。这对每天替病患动手术的医师来说是再自然不过的事。没有必要特意挖出内部的不堪，夸大描写人类的污秽。这样的文章既不算忏悔录，也不是悔过书。

对你而言，什么是重要的事？它和理想之间还有多远的距离？虽然觉得家人很重要，却少有相处的时间，或是觉得忠于自我很重要，却老是被心爱的人误会……我想有各式各样的“重要的事”和“差距”，因人而异。与别人相比，这样的差异或许就是你的“特殊经验”和“独特感性”。

又或者，你对什么样的事物感到喜悦呢？悲伤是什么呢？你最爱的人是谁？……异于别人，自己是世界上独一无二的自己，这就具备写小说的资格了。

小说家也是普通人

另外，社会上常有这样的误解——“写小说的人是奇人怪胎”。若不是天赋异禀，或说得极端一点，人格要不是濒临崩溃就写不出小说来，所以平凡的自己没办法写小说……似乎也有人这么想。

不过在我看来，活跃于第一线的几位小说家都是具备社会常识、人品敦厚的普通人。

唯独优于他人的是感受力。他们的感受力往往大幅超过其他人。

如先前提到“从洗衣机的漩涡感觉到宇宙”，有人对世上的一切感到平凡无奇，也有人能从小事情感受到宇宙，而小说家无疑是后者。

除了这点以外，小说家和一般人没什么两样。

我认为小说和现实的社会生活并没有那么远的距离。工作上得心应手、具备在社会上立足的柔软身段，这种人来写小说，也必定能写出一定品质的作品。

只不过，在社会上出人头地却拘泥于自己的地位，认为“我真了不起”的人，恐怕写不出好小说吧。只要读此人写出来的小说，就能知道他的工作能力如何、过着什么样的社会生活。

小说家是奇人、怪胎、人格濒临崩溃者，这样的刻板印象似乎深深受到《人间失格》的作者太宰治的影响。

太宰治这位小说家在世时，其实不也是充分地感受到了世俗吗？正因为如此，他才会想要表现得“滑稽可笑”，不是吗？

小说其实是一种实业

我总是对人说：“小说是一种实业。”要写出一本好小说，需要逻辑思考力、架构力等多项能力，这一点和其他的工作无异。

还有任何工作都少不了的沟通能力，当然也是必要的。“小说家不擅与人来往”是错误的印象，实际上，真实的小说家虽然并不是特别多话或很有社交手腕的人，但几乎都是能和别人建立正常人际关系的人。

不过本人是否觉得“自己完成了真正的沟通”“自己想说的事确实传达给了对方”，恐怕得另当别论了。但我认为反而是觉得“自己想说的事可能没有传达给对方”的人会想要写小说，以此来追求什么是自己真正想传达的。

小说写了“十分”或许只能向读者传达出“一分”，但还是很想传达给别人。小说家总是时时抱持这样的想法，为了写出一本“能传达人心的小说”，平常不知花了多少心血。

当人兴起“想要写小说”的念头时

小说家的个性或人品，这些特质就算不是特意要呈现出来，也会自然反映在写出来的文章或表现的事物中。假设有位性格独特、出类拔萃的人，问他能否直接照实写小说，这完全是另外一回事。

正因为如此，完全不必妄自菲薄：“像我这样的平凡人根本写不出小说。”

或许正因为平凡如你，日后才能写出打动平凡人的心的小说。

不过，从头到尾全都普普通通是写不出小说来的，这也是不争的事实。

但话又说回来，在人兴起想要写些什么的念头时，就已经不在“普通”的状态了。

想要写小说的心情，必定是出自此人有什么“过剩”或“欠缺”了什么。

希望成为和现在的自己不一样的人。

内心的情感澎湃，快要满溢而出。

无法忍住想要去追寻什么的心情。

当人有这些难以压抑的想法时，就会想要写小说吧。如果没有“过剩”或“欠缺”了什么，其实不必勉强写小说。

我认为这一点是写小说和学画画、插花等才艺很不一样的地方。

一般而言，学才艺大多有一个模板，学生试着临摹模板就会进步。可是写小说没有临摹模板就会进步这回事。

另外，一般的才艺可以经由他人的邀请或推荐而开始，并获得进步，小说若不是自己发自内心“想写”，则难以持续下去，也不会进步。

不适合当小说家的人

先前提过小说家这种人对社会有一定的适应能力，而且感受力特别强烈，内心怀着纠葛，努力地适应社会生活。他们能写出引发读者共鸣的作品大概也是因为有这些纠葛的缘故。

而不适合当小说家的人就是与此相反的人。

也就是说，不用努力就能适应社会的人大概不会想要写小说吧。

另外，觉得无法适应社会的自己是对的、社会才是错的，这样的人恐怕也不适合当小说家。

或许你会觉得意外，但我认为，头脑太灵光的人似乎也不太适合写小说。思路快的人总是想要快点得出结论，这个是这样、那个是那样，有急着分出青红皂白的倾向。

不急着得出结论，愿意以自己的脑筋、自己的话语慢慢思索的人，比较适合写小说。小说家当中多是没办法迅速给出答案的人。不管怎么想都得不出结论的问题，以提问的形式或把问题本身直接当成小说的主题，这种情况出奇地多也是事实。

对于将来想要写小说的人，我建议先广泛阅读小说。近来，我发现有为数不少的人表明想要写小说，自己却几乎不读小说。

年轻人要重视一般社会知识的学习，培养基本的教养。也要养成自觉地、有意地训练自己对事物产生看法，能够说出自己的意见，并养成对自己提问的习惯。只是人云亦云，这样是无法写出好小说的。

多累积各种人际关系的经验也会有帮助。不要只和自己相像、容易相处的人来往，与前辈、后进、上司、教练等建立人际关系的经验，也能运用在写小说上。

三

目标成为小说家

今昔踏入文坛的方法

由成为小说家踏入文坛的方法，和以前有很大的改变。

“二战”前，成为小说家的途径以收徒弟的方式为主。有志成为小说家的人，进入活跃于文坛的知名小说家门下，在该作家的手下累积修业经验，寻求出道的机会。

战后逐渐转变成获得文学杂志的新人奖后踏入文坛为常见的方式。当初，新人奖因为属于“悬赏小说”，据说有些许受到轻视的气氛。

不过现在的新人奖已经是小说家鲤鱼跃龙门的关卡，具有不可动摇的地位。综观现在活跃的作家，几乎都是因为获得新人奖，从此踏入文坛。

不过，也有小说家是直接向出版社投稿而出道的。但这种情形很少见，就我所知，岛田雅彦[①]就是其中一例。

在此介绍一下岛田雅彦的例子吧。他带着原稿来我当时任职的《海燕》编辑部拜访。接待他的人是当时的主编寺田博。

---

① 岛田雅彦（1961— ），日本小说家，因作品《献给温和左翼的嬉游曲》入围芥川奖而受到关注，被称为日本后现代主义文学旗手。

岛田雅彦从寺田那里获得了肯定——“这个年轻人能进行文学性的对话，原稿也很不错”，由此晋身作家之列。

听说岛田雅彦也曾向其他出版社投稿，但有的出版社埋没了这份原稿。能不能一跃成为作家，时机、人缘似乎也很关键。

另外，你是否曾看过“想成为作家吗”这类的广告？这是自费出版或共同出版的出版社打出的广告。

自费出版和共同出版是指作者向出版公司委托编辑、发行、广告、宣传等业务，但作者必须负担出版经费的一种出版模式。对于“只要能出版一本书就好”“不惜自掏腰包也想出书”的人来说，的确是一种很方便实用的做法。

不过，也要先了解这种出版模式常常引发纠纷。自费出版、合作出版的公司会依约让书本在书店上架，也会在报纸登广告（不遵守约定的公司另当别论）。不过书店每天都有成千上万的新书到货，所以一本书很容易就会埋没在书海中。而且报纸的广告效果也难以预料。若抱持着过大的幻想，结果往往令人失望。

所谓的出版，是作者、编辑、业务或营销专员全体同心协力让一本书问世的团队工作。书并非摆在书店或在报纸上登广告就会大卖，这一点一定要谨记在心。

目标获选新人奖

现在要成为作家，最有效的途径还是获选新人奖吧。

新人奖有分公开征件再选拔的奖项和以既成书籍为对象的奖项。后者以芥川奖最为知名。

公开征件的新人奖有好几个，以下就不同类型进行说明。

◎自费出版或共同出版的出版社所设立的文学奖

获得共同出版的文学奖的话，主办单位会颁发奖金，且作者不用自付经费，书籍也会照实出版。不过如前文所述，自费出版和共同出版是属于作者也要付费的出版模式。奖项的举办也兼具了对报名者提示“你想不想出书”的营销活动，所以在报名时要顾及到这一点。

◎地方政府或地方报社所设立的文学奖

由山梨日日新闻社成立的“山梨文学奖”或松山市的“少爷文学奖”等是较出名的奖项。

这些文学奖的水平很高，评审委员是活跃于第一线的文学家，过去的得奖作也有很多杰出的作品，因此相当具有挑战。

不过对于获奖后仍想继续写作的人似乎有点困难。得奖作品大多能顺利出版成书，但缺乏之后继续提携作者的编辑，也没有刊登下个作品的媒体（如杂志）。报名时想到这一点再行动会比较妥当。

◎文艺杂志、小说杂志所设立的文学奖

这种算是新人奖中的主流吧。

纯文学的新人奖有“星文学奖”“群像新人文学奖”“新潮新人奖”“文学界新人奖”等；通俗小说类的新人奖则有“小说星文学奖”“小说现代长篇新人奖”“OORU 读物新人奖”等。

◎高额奖金的通俗小说类文学奖

有"'这本推理小说真厉害！'大奖"（奖金一千两百万日元）、"江户川乱步奖"（奖金一千万日元）、"横沟正史推理大奖"（奖金四百万日元）等。

这类奖项假设得奖作能够马上出版、畅销热卖，所以要求作品具有即战力，就这层意义而言，可说是难度最高的新人奖。

决定新人奖奖落谁家之前

到底新人奖是如何决定的呢？我在这里以文艺杂志的新人奖为例来说明。

文艺杂志公开征选新人奖时，你猜会有多少件作品投稿报名呢？

竟然多达一两千件作品。

新人奖的征稿说明里，通常会列出评审委员的名字，但因为参选作品数量如此庞大，评审委员们不可能看完所有征选作品。

这些参选作品最初会先由一群"试读"的人把关。担任"试读"的人多为新人作家、评论家、文艺杂志资深编辑等人士。我每年也都为新人奖试读作品。

评选的流程大致如下：

假设有个新人奖募集到一千件参选作品，这些作品先交由十位试读者，每人各分担一百件来读。编辑部指示"筛选出前5%的优秀作品"，于是这十人就要从一百件中选出五件推荐给编辑部。

不单单只是推荐就好，这一百件作品每一件都要写评语，并分成 A、B、C、D、E 等层级提交出去。

接着，编辑部的全体成员开始阅读由十位试读者选出的五十件作品，为了决选出五本入围作品而进行讨论。这个阶段选出的五件作品才会请评审委员阅读。

评审委员阅读五件入围作，然后出席决选评审会。

决选评审会基本上以少数服从多数的方式进行，程序如下：

首先，每位评审委员，针对这五件入围作品一一进行评论，决定评○、△、×。这是第一轮的投票。评审委员共有五人的话，三人就是过半数。如有作品获得三个○，那就是最有望的入围作了。

但是并非就此决定。接着每位评审委员必须针对五个作品，陈述自己评○、△、× 的理由。所有人对全部作品发表评语后，开始进行第二轮的投票。

大多时候会和第一轮投票的结果相同，但如果有评审委员听了别人的评语而改变想法的话，也会发生逆转的结果。这是决选评审会内耐人寻味的地方，也是可怕之处。

为了避免发生决选时得不出结果的情况，通常评审委员的人数以奇数为理想。

研究趋势和策略没有意义

如今社会各界增加许多新人奖，应该有很多人会不知该把自己的作品拿去报什么奖项吧？坊间也有人开班解析各奖项的倾向和策略，以研究什么奖项容易获选。

不过，这种研究几乎没有意义。

好比说，假设有人基于“因为好像会受其中一位评审委员青睐”之类的理由，而投稿某一个新人奖。可想而知，这位评审委员应该是此人尊敬的作家，而且投稿人恐怕也被他影响了自己写小说的风格。

说到这样能不能获得该位评审委员的青睐，我认为实际上恰恰相反。因为对于风格和自己类似的作品，作家其实是相当严格的。

而且，“自己的作品和过去的得奖作相似”这样的原因，无法作为选择报名哪个新人奖的理由。对主办单位而言，也会形成“又来了”的局面。新人奖总是在追求新鲜的作品。

如有真正有效的趋势预测或得奖策略，或许可以研究流行的循环。这里所说的流行，是指该时代需要的作品。预测接下来会流行什么对任何人来说都很困难，但是时代间有一定的循环，会又卷起相似的流行，这种情形在历史上屡见不鲜。如能分析出来，写出刚好符合时代需要的作品，也许就能够一举拿下新人奖。

话虽如此，若没有像秋元康先生①般的才华，还真不是简单的事。会流行的小说未必和自身想写的小说一致。勉强自己写不想写的小说很痛苦，也难以成为一部好作品。

---

① 秋元康（1958— ），身兼作家、作词家、制作人、导演等数职，尤其以身为偶像团体 AKB48 的制作人闻名。——译注

所以研究趋势和对策是没有意义的，什么样的小说能“雀屏中选”，大概只有上天才知道吧。

我的写作班上有不少学员都曾通过新人奖的初选，但是能入围到决选的人少之又少。虽然有很多“就算入围也不奇怪”的作品，不过，有些时候真的也会遇到让人觉得“这没入围就太奇怪了”的作品。

当作者抱持的主题刚好和时代的需求不谋而合时，作品也许就有问世的机会。

另外，就算发表时，作品不符合当时的社会形势，过了十年、二十年后，仍有作品重新获得高评价。随着时代的演进，也会有社会形势主动来配合作品的情况。

结果还是不必特意哗众取宠，写出自己的内心自然涌出的事物，才是最好不过的作品。

芥川奖是纯文学的新人奖

纯文学的新人奖当中，最顶尖的奖项就属芥川奖。

芥川奖不是公开征稿的新人奖，而以新人作家已发表过的短篇、中篇作品为评选对象。一年两次，分上半期和下半期进行评选。

决选时，由担任评审委员的作家们以先前介绍的文艺杂志新人奖的决选几乎一样的方式遴选。

每次约有五六篇作品能入围决选。

到这个阶段前，负责遴选工作的是芥川奖的主办单位日本文学振兴会。日本文学振兴会委请文艺春秋出版社的员工所组成的考核小组选出入围作品。考核小组细读作家和编辑们推荐的大量作品后，进行无数次会议，最后筛选出五六篇作品。由于芥川奖是权威性的奖项，参与的人数和会议的次数都相当可观。

芥川奖是门槛很高的奖项，已获得文艺杂志的新人奖，又直接获选芥川奖的情形很少见。目前只有大庭美奈子的《三只螃蟹》、村上龙的《接近无限透明的蓝》、金原瞳《裂舌》、诹访哲史的《后天的人》等，屈指可数。一般而言，新人作家通常在获选文艺杂志的新人奖后，第二或第三部作品才会获得芥川奖，这样的例子较多。

踏入文坛后

文艺杂志的新人文学奖是有志成为小说家的人所憧憬的目标。

不过，真正决胜负的往往是第二部作品。

新人奖是一种竞逐，偶尔也会发生恰巧没有其他好作品而获奖的情形。换句话说，也会受到运气影响，实力真正受考验的是踏入文坛之后。尤其是获奖后的第二部作品（称为得奖初作），就身为作家的价值或实力面临考验的意义而言，会成为极受瞩目的重要作品。

即使是芥川奖的得奖作出版成书，如果不畅销的话，也会变成小小的悲剧。在获得芥川奖之前，文艺杂志会持续刊载该作家的作品。不过要是荣获芥川奖的小说销售成绩不如预期，出版社恐怕就不会再力捧这位作家了。现实就是这么残酷。

新人奖是竞逐，不管是多优秀的作品，若有更好的作品出现，对方就会被选上。即使如此，如果真有实力，还是有可能以小说家的身份继续写作。

我常对学生说："有作品入围一次的话，就要当作自己得奖了。"

诚如之前提过的，进入决选而没获奖的人，必须接受评审委员的严格评论。因为这个打击，很多人的作品从此变得莫名地圆融或退却，在我看来都十分可惜。

其实评审委员的评论只是为了阐明"落选的原因"。再重复说一次，若能入围决选，就要当自己的实力和得奖者不分上下。之后该优先考虑的是，如何强化自己擅长的部分和优点。

当作家有适龄期吗?

想要踏入文坛，是否趁着年轻比较好，还是累积相当程度的人生历练后再来当作家比较适合?

在我开设的小说写作班里，以四十几岁的女性占多数，能写出好小说的也大多是她们。有一定程度的人生历练和社会经验，能运用在写小说上，这点是毋庸置疑的。

这些女性也大多长期持续写作。从三十几岁开始来上课，磨炼了近十年的时间。不管发生什么事都不放弃写小说，所以也确实有进步。

话虽如此，其实不必太在意年龄。人生历练丰富，自然是再好不过。不过就像先前提及的，经验之于写小说是必要条件，并非充分条件。只要擅长操纵“语言”，即使年纪轻轻还是可能写出优秀的作品。

还有，阅读的经验对写小说也很重要，而且就算年轻也能累积阅读经验。

反过来说，也无须认为“自己已经老大不小了”，而放弃作家之路。

在我的学生当中，以最高龄的年纪尝试写作的人是水村节子女士。她是小说家兼评论家的水村美苗小姐的母亲，初次执笔完成《高台上的家》这部自传式小说，是在七十八岁的时候。

踏入文坛跟年龄没有直接关系，还有一个原因：写小说的能力不是直线发展的。

假设有一个人，十八岁踏入文坛，后来漫长的人生一路顺遂，不断增进实力，那么到他六十岁的时候，应该已经到达不得了的境界。可是现实往往未能如人所愿，谁都会有停滞或退步的时期。

到头来，“想要写小说”的时候，就是最适合的年纪了。不要在乎年龄，请你这么想——发自内心“想要写”的时候，就是最佳时刻了。

当小说家能赚钱吗？

有很多人对小说家或作家抱持着“靠着版税收入，优雅过生活的人”这样的印象。

其实，这仅限于鼎鼎大名的作家，大家一定要铭记在心。

必须知道现在的社会读小说的人数大不如前。主流媒体的变化极大，现在这个时代就算是略有名气的作家也不容易出书。

或许你会羡慕入选新人奖获得高额奖金的人。不过如果仔细想想，说不定其实用不着羡慕。

我的学生当中，有位男性获得了奖金一千万日元的征稿文学奖。

他从二十五岁的时候就开始一边上班，一边从事写作。虽然一直没什么进展，直到来我的写作班上课的第二年，写出一本令人觉得“一定能得奖”的历史小说，果然一举拿下奖项。

“哦？真不错啊。”当我这么说时，他回答：

“不，老师，我写作超过二十年以上的时间，以这样来算的话，一千万日元真的很少。”

原来如此，衡量这段时间所做出的牺牲，或许真是如此。他的话让我有同感。

之后，他仍顺利地持续写小说，目前出版了三本书，不过我交代他“千万不可辞去工作”。只要还没获得直木奖或写出畅销热卖的作品，不要放弃有固定收入的工作是比较明智的选择。

光靠写小说过活绝非易事。单从经济层面衡量的话，现实的状况是“入不敷出”。

那么，为什么还要写小说呢？

写小说的价值何在？

我会在本书的最后，以结论阐述。

第二章　提笔写小说

一

写小说这回事

“如何”描写“某物”

接下来终于要针对“写”小说的部分进行说明了。

写小说有两大要素。

一是描写“什么”。

一是“如何”描写。

法国文学评论家热拉尔·热奈特（Gérard Genette）把这里的“什么”称为“故事内容”，“如何”称为“叙述话语”。

“故事内容”就是写下的事物。

例如，发生了这样的事、有这样的人物、人类有这样的心理、我有这种想法、想传达这样的感动——这些全都是在描写些“什么”，也就是“故事内容”。

“叙述话语”是指决定要以什么样的口吻传达“故事内容”或以什么样的文体书写。要用敬语或文言体书写，像有个人在说话一样，还是采用不带感情的报导风格呢？——“如何”传达，就是“叙述话语”。

下笔写小说的时候，还有“架构”这个要素要考虑。

好比说，要按照时间序列来写，以回想的方式起头，还是零散编排?

空间怎么处理呢?要近距离聚焦,还是俯瞰?要固定在同一场面,还是像电影一样移动场景呢?

还有,以什么人称来叙述也是个问题。要以第一人称来写,还是第三人称?单数还是复数?

另外,对象或心理该如何描写?对话怎么进行?这些也是要思考的问题。

诸如此类,写小说要注意好几个要素,无法针对每一项归结出“应该这样写才好”。因为“叙述话语”和“故事内容”的关系密不可分,无法把“叙述话语”单独分割出来论述。

常有人传授“对话三成、叙述三成、描写三成”这样的小说写法,不过我认为“每篇小说的写法都不一样”。说得极端一点,全是对话的小说也是可以成立的。

你现在最想写的事,自有最适合表现它的文体。换成写别的主题时,也有其他相符的文体。

这绝非艰深难懂的事。

假设你今天看了一部非常好看的电影。回家后和家人聊起这个话题,应该也会一边思考一边讲才对。为了传达这部电影的魅力,或生动地表达出自己的感动,要从哪里、以什么顺序说,用什么话语、什么口气传达才好?我指的就是这些。

另外,你向亲友诉苦被上司责骂的事时,为了让话题显得更活灵活现,或为了表示自己有多气愤,也会采取不同的表达方式吧。

即使是平常的对话,你也会在无意间这么做。

写小说也是一样。为了让自己想要表达的内容，以最能传达给对方的方式表现出来，需要下不同的功夫。

无法直接写出现实

第一章说过小说不一定要是虚构的故事，散文（随笔）或传闻也算在小说的范围之内。

也就是说，书写现实、事实或实际体验的文章，也可以称为小说。

不过，完全重现了现实、事实或实际体验的文章（以下称“原物”）打从一开始就不存在。语言不可能重现原物。我的文学恩师平冈笃赖老师曾在大学的文学课上费尽口舌地提醒我们这一点。

平常我们为了获知某些客观性的事实而查阅资料或日记、纪实文学等文献，但这些都只是关于原物的记录，而非原物本身。

说到为何无法重现，那是因为不管语言再怎么忠于原物，还是会有经过取舍、美化或赋予故事的地方。而且所谓的“言语”，本为事后所写而构成的，要重现原物本身有其极限。或许愈是想要用语言描写，原物愈是一溜烟地不见踪影。

资料或日记又称为“第一手文献”，在已脱离原物的意义上，或许也可以称作“第一次创作”。而小说就是利用“第一手文献”完成的“第二次创作”。

原物也可分成三个部分。

一是日常生活的现实。如家庭、职业等，包围自己的日常现实状态。

再来是社会的现实。任何人都活在社会这个巨大的形态中。经济的问题、核能安全的问题、战争，这些社会上的现实状况就是第二个部分。

三是幻想的现实。就算是幻想，倘若是确实存在于当事人心中的现实，那就是现实。这是第三个部分。

各位接下来要做的，就是从这三个部分创造出小说的作业。

语言具有任意性

写小说的作业少不了“语言”。了解语言的特性和极限后，如何操纵它、琢磨对文字的品味，也是能不能写出好小说的关键。

你知道费尔迪南·德·索绪尔这位瑞士语言学家吗？

他建立了符号论的基础，对战后的结构主义有很大的影响，被称为“现代语言学之父”。

根据他的语言论，语言有“语言（能指＝signifier＝Sa）”和“言语（所指＝signified＝Se）”这两面。

例如某一词汇的发音是“语言”（以下称“能指”）。

这个发音所唤起的内容或概念就是“言语”（以下称“所指”）。

好比说“猫”这个词汇在日语的体系中，发音为“neko”，这个发音就是这个词汇的“能指”。

然后，由它唤起的那种讨喜的小动物就是“所指”。

只要在日语体系之内，“neko”这个发音必然和那种小动物连结。可是实际上，这个能指和所指之间并没有必然的关联。换句话说，“neko”没有一定要是猫的必然性，即使叫“nuko”也无所谓。证据就是地球上还有其他语言称猫为“cat”或“Katze”等。

那么，在日语的体系里，“neko”这个发音和那种小动物究竟靠什么维持住必然的关系呢？

答案就是“差异”。借用索绪尔的话，就是“语言中只有差异”。

也就是说，“猫”为什么是猫，是因为还有狗、老虎、人类，所以才是“猫”。只要能和狗、老虎或人类区分，就算是其他词汇也没关系。

“想写的事”和文章之间的距离

总之，我想说的是——“用语言表现你想说的事其实并不容易，起初一定会面临语言的困难而感到困惑”。

“能指”（语言）和“所指”（言语）之间本来就没有必然性，是任意的关系，因此要用语言掌握实际存在之物，会发现它其实会溜走。刚开始尝试写小说的人会感受到超出预期的难度是理所当然的。

你想描写的事物、想传达的事情、心中的所思所想，如有语言能百分之百完全正确、恰如其分地重现出来的话，没有比这更方便的事了。

很遗憾，那是不可能的事。想让语言和原物完全一致，有其限制。

写小说时，只能在充分理解语言的极限之下，开始动笔。

想要写出好小说，就是在语言的组合下描写、叙述文脉中，就算只有一点触感也好，你想要努力试着捕捉表现的原物，把它写出来。你所操纵的语言和你内在的真实，想办法在文脉中缩短两者之间的距离。

这就是写小说的作业，完成了这个步骤，才能写出自己也认同的作品。

据说吉本芭娜娜在写作时，向来特别留心语言和主人公、主人公和读者之间的距离。写出来的文章和自己想说、要求的事物差很远的话，这部小说就是失败的。

她表示，自己不曾试着想象，这部小说由老爷爷来读会怎么想、中学生来读又怎么想。总之就是一心专注在自己要求的事实和文章之间的距离上。

不可太过想要引起共鸣而哗众取宠，这样的文章往往也难以成为好作品。相较之下，自己的要求是否真的能以语言表现出来更为重要，只要专心留意这一点，通常就能写出好作品。

就结果而论，这样的作品自然会引起共鸣。

什么是具有真实感的小说?

读小说的时候，相信你也曾经有过“这部小说很有真实感，直逼人心”的感受吧？反过来说，我想也会有“这部小说缺乏真实感”的经验。

小说需要真实感。如果缺乏真实感，就会让读者失去想阅读的心情。

那么，小说的真实感到底是什么呢？

所谓具有真实感的小说，并不是指非常忠于现实的小说。就算非常忠于现实，若是没有能打动内心的事物，就少了小说所拥有的魅力。与其这样，就算脱离现实，只要描写出让读者觉得“啊，我懂，我懂”的事物，那就是具有真实感、能传达人心的小说。

井伏鳟二[①]的历史小说《涟军记》就是个好例子。

这部小说以平家的灭亡为主题，设定成“平家某一个少年写下的逃亡记”，以日记的形式书写而成。不过，这部小说不是使用平家时代的语言写成的。既不是以前的语言，也不是方言，而是用标准的现代国语书写。

实际上当时的人用什么语言说话，到了现代已无人知晓。史料上有的只不过是用文言体的语言写下予以“故事化”的文书而已。故事（物语）顾名思义，是“关于物而语之”，并非原物本身。

可是，《涟军记》读起来却真的像是平家的人在说话一样，非常不可思议。这是为什么呢？

我认为这就是“语言”特有的神乎其技。井伏鳟二擅长以

① 井伏鳟二（1898—1993），与井上靖、石川达三齐名的日本小说家，著有《山椒鱼》《黑雨》《涟军记》等。

语汇的挑选、排列，营造出绝妙的真实感。我想，再怎么样万全地考察时代背景，也无法酝酿出那样的真实感。

小说当然是人为的结果，可以称为人为的产物。

作家的工作就是让“写作”这项人为的作业看起来自然，于是就会衍生出真实感。让人为的结果看起来浑然天成，正是小说所要求的技术，也是语言的技艺。

这一点类似于演员和演技的关系。演员必须让演技像看不到一样施展演技。做到这一点后，才开始让观众感觉到真实感。小说也是一样。

假设在你执笔的小说当中，出现了一个五岁的小女童。

这个小女童说出来的话，也可能让一个真的拥有五岁女儿的母亲读了以后认为“五岁的女孩绝对不可能说出这样的话”。

可是实际上，会不会说出这样的话并不是问题。就算不会说，只要具有真实感，也就是像是五岁女童说话的感觉，读者就不会觉得不自然或有不协调感。

如果被人说“根本不可能说这句台词”，就代表当中有什么进行得不够顺利的地方，还要再下一点苦功。

与其和现实相比，“在小说中看起来是否自然”这件事更是重要。

二

决定主题

要写纯文学，还是通俗小说?

你想写什么样的小说呢?

纯文学，还是通俗小说?

常有人问我第一次写小说该选何者好，其实任君挑选。何者比较适合因人而异，而且也和你以往读了什么样的小说有关。

举例来说，藤泽周平① 本来是从纯文学开始写作。可是因为染上肺结核，纯文学对他变得负担太重，转而改写通俗小说。

当然，这只是藤泽周平的情况，哪个简单、哪个困难也因人而异。

写时代小说无论如何都必须阅读大量的数据。另外，对于历史上的著名人物，也要以丰富的想象力填补他生平的空缺。更何况是从无到有创造一个完全虚构的人物，更是需要惊人的想象力。

写科幻小说同样要以超群的创意和卓越的想象力，创造一个虚构的世界。

---

① 藤泽周平（1927—1997），日本时代小说巨匠，著有描写江户时代庶民与下级武士为题材的《黄昏清卫兵》《蝉时雨》等。

侦探小说的话，在设计犯罪手法或不在场证明之前，必须事先把侦探组织的细节和办案方法、步骤等这些基本事项，调查、了解清楚，牢记在脑子里。

而且如同前文也提过的，写通俗小说需要一种“创造故事”的天赋与才华。

在我看过学员的作品后不禁有感——写通俗小说比起写纯文学，作者的涵养、感性或想法，更容易反映在作品上。

立志写通俗小说的学员似乎是认为写纯文学像在剖析自我，很难为情，所以想要写和自己无关的故事。但是我认为实际上恰恰相反。通俗小说暴露出更多作者本身的涵养和思想。

话虽如此，刚开始时不用太在意区分自己属于什么领域，只要一心一意地写出自己想写的世界就好。

因为，比领域更重要的是要写出“好小说”。

要写短篇小说，还是长篇小说?

小说又可分成短篇小说和长篇小说，虽然并没有规定多少页以下是短篇、多少页以上是长篇，不过根据选择，写法也会不同。

另外，说到初学者适合哪一种，这也一样因人、因领域而异。

唯独一点可以肯定，写短篇小说需要强大的能量。写短篇小说需要一种像是“截取瞬间”般的能力，要具备相当的能量才能做到。有很多优秀的短篇小说是小说家年轻时的作品，就是出自这个原因。

相反，长篇小说比较适合在年纪增长后再来写。许多小说家都是在年纪稍长后才开始投入长篇小说的写作工作。以长年的经验和涵养为本，仔细思索架构，并以稳健的步调持续写作，正好适合年长者。乍看之下，长篇小说容易让人误以为比较需要体力，但是出人意料，事实恰好相反。

“转折点”与“危机”就是主题

虽然心中有着想要写小说的意愿，但不少人都有找不到主题的困扰。即使我表明刚开始时先从自己的体验为主题写起即可，还是有人认为，自己的人生当中没有发生任何戏剧化的事，值得当作小说的题材。

不过，不管是谁的人生，必定都有可能写成小说的题材。没有一个人的人生是索然无味的。在你的人生当中，也存在只有你才写得出来的主题，只是自己还没发现而已。自己认为是司空见惯的经验，对他人而言，或许就是很新鲜、值得玩味或感人的事。

那么，说到人生中有什么事特别适合当成主题，那就是“分界点”或“转折点”了。换言之，在心理学的世界又称为“发展性危机”或“状况性危机”。

“发展性危机”是指青春期、入学、就业、恋爱、结婚、生子、子女的教育、退休、衰老等人生的阶段。这些随着个人的成长或成熟而产生，容易发生在特定的年龄，所以在一定的程度上可以预测出“这一天总会来临”。当然，这一天真的来临时，人却又会开始迷惘、烦恼。

相对于此，“状况性危机”则指因社会上或偶发的原因而产生的危机，几乎不可能事先预测。如疾病、天灾、战争、破产、失散、离别、迁居、异文化生活、转职、死亡，等等，多是自己无能为力的事，所以内心会受到剧烈震撼，进而质疑：“为什么会这样?”

像这样的“分界点”“转折点”为什么能成为小说的主题，那是因为这些都是人亲身遇到后才会深刻思考的事。现在降临在自己身上的状况，以自己过去的经验、惯用的做法或想法无法应对。

遇此情况，人就不得不改变自己。屏除自己以往对事物的看法或想法，蜕变成一个崭新的自己。此时经过痛苦挣扎而逐渐看清的真实，就能成为一部小说。

一定存在只有你才写得出来的小说

常有人认为自己的经验没什么了不起，自己这点经历，以前别的小说家一定也写过。

不过，事实上绝无此事。就算过去曾有人写下和你极为相似的体验，时代背景也完全不一样。个性和观点当然也是不同，所以每个人对事情的感受和表现方法，自然是千差万别。

因此，太在意过去已问世的作品并没有什么意义。只要对自己而言是初次经验，应能以自己所拥有的感性写成前所未有的新小说才对。请你这么想，要对自己有信心。

光是单以婚姻为主题，战前的婚姻、昭和三十年代的婚姻、泡沫经济时期的婚姻以及现在的婚姻，都能写成内容迥异的作品。

可以用来写小说的主题何其多，说是无限多也不为过。

你也一定有至少一两个是只有你才写得出来的故事。

例如关于自己的工作、兴趣或身处的环境，你一定比其他人知道得更清楚。把这些写下来，对阅读的读者也是有帮助的、兴味盎然的信息。“信息”这个层面也是让小说更加精彩有趣的要素之一。

描写现在这个时代，也是活在此刻的我们才能做到的事。这是过去和未来的小说家办不到的事。捕捉“现在”这个时代的氛围，写进小说里，能让同时代的读者产生共鸣、让未来的读者感兴趣，就能成为有价值的作品。

另外，思考“自己是为了想要展现什么而活”也会成为寻找主题的好线索。既然生到这个世界上来，活在现代的社会中，你想要展现什么样的自我？建议你细细思考一次这个问题。

话说回来，也有人认为，要当一个长期写作的职业级小说家，需要拥有多个属于自己的主题。这项担心其实也是多余的。

我并不认为职业级的小说家真的拥有那么多主题。反倒是花好几十年持续写一个或数个主题的情形还比较常见。之所以看不出来是因为就算是写同一个主题，随着作家的年纪和经验累积，也会形成不同风貌的作品。

总之，请别退却，试着书写属于你自己的原创小说作品吧。

小说主题的灵感

那么，具体而言，有哪些事物可以当成写小说的主题呢？在此介绍几个我经常在写作班提示的例子。

• 家庭

你在什么样的家庭成长？有什么样的爷爷、奶奶、父母、兄弟、姊妹？和哪些家人住在一起（夫妻、孩子）？

家人的关系、家族的历史，这些都能成为小说的主题。

• 人际关系

动摇的友谊、竞争的同事、异性间的友情、上司与部属、先进与后辈、老师与学生、医生与病患、赞助商与艺术家……家人以外的人际关系，也是许多作家描写的主题。

• 职业

你从事什么职业？做过什么样的工作？对你而言，人生最大的职责是什么？对女性而言，成为家庭主妇之后或许就是这样，也算是一个好题材。

• 身体

自己的身体、对理想体态的追求。不只是为了吸引异性的眼光，这跟社会、时代的气氛有关，也能当作小说的主题。

• 金钱

不管是谁的人生都关系到金钱，与各式各样的事情、喜怒哀乐连结在一起。另外，金钱观也能显露个人的人生观和个性。

金钱在人生当中占了相当大的比重，却很少有小说探讨这个主题。

• 死亡

家人的死、自己的死、多人的死、意外的死、病死等，也是小说的一大主题。不过，死亡只是生命的延长线上的一种形式，生和死往往是一体两面。以死亡为主题时，一般不会只描写到死亡。因为描写死就是描写生，描写生就是描写死。

另外，小说中描写的并不是“死亡”这个现象，而是成为“死者”的人物。死者在某种意义上和生者一同活着。死者也有确实的存在感，人数也远比生者多。

小说主题是无限多的。因为网罗从古至今、所有时代、全人类一切状况的小说，到现在还没有出现。

如何查证想描写的领域?

想要在小说里，写进自己过去未曾拥有经验或知识的世界。

这种时候，就必须用些方法调查关于那个领域的事，也就是“搜集资料”。

搜集资料有很多种方式，试着寻找需要的数据、日记、记录等的“第一手文献”是一种有效的方法。记录了原物的这些“第一手文献”，从网络上、图书馆都可以找到很多。

也许你会认为比起查阅数据或日记，直接访问有实际经验的过来人的“真实心声”更有价值，其实也不尽然。就算直接听当事人现身说法，也会掺杂自己的成见，在这个意义上和数据、日记并没有什么差别。

不用拘泥于直接访问，数据或日记应该也足以因应。现在只要有心调查，就连专门性的数据也查得到。而且，对于你想要写成小说的对象，你已经比别人更了解才对。至于要用什么方法查什么样的数据，应该也心里有数了。

比起如何搜集数据、处理搜集而来的数据，要用什么样的遣词用字来表现更重要。

当然，用自己的双手、双脚去搜集资料仍值得一试。如果那是你充满热情地“想要描写的世界”，希望至少要有这般程度的气概。

尤其是目标成为非虚构作家的人，不管用什么办法，自己花心思实际着手调查是出发点。据说泽木耕太郎先生在默默无名的时候，自掏腰包负担了比稿费多出十倍的情报搜集费。

然而，还没有闯出名号的你，就算开门见山地直接访问当事人，对方也不见得会说出真心话。

尝试投入那个领域，却觉得不得其门而入时，可以在现场周围走一走，感受一下气氛，光是这样就会有所不同。善用你的五感应该可以捕捉到很多讯息。

据我所知，有个作家在不执笔的时期会到处去打工，借此获取各行各业的体验信息。他本人是一位相当知名的作家，不过听说竟然很少被人发现呢。

三

小说的种种写法

规划出简单的设计图

写小说时，要思考到故事结尾才开始写，还是先想个大概就开始动笔，这依小说家的类型和领域而有所不同。有人是先想清楚再写，有人只在脑子里概略构思，也有人会先做笔记，方法形形色色。

不管采用什么样的方法，建议事先描绘出一个大致的构想，以下称为“设计图”。

我认为篇幅超过三百页的小说有必要事先规划一定程度的设计图。因为如果没有设计图就开始写小说，愈是长篇愈容易拖泥带水，变成一部无法收尾的作品。愈来愈往岔路走，细枝末节不断增加，结果可能会迷失当初原本想描写的事物。

而且，有不少公开征稿的新人奖都规定，参赛者必须提交一份归结在八百字左右的“梗概”。为了确实遵守规定也好，尤其是刚开始写小说的各位，简单的笔记也没关系，请先规划出设计图。

规划设计图，首先需要的是逻辑力和架构力。

想要培养逻辑力，大量阅读还是重要。也要多读康德、笛卡尔、马克思等经典哲学。如果看原典很辛苦，那么读一些重新编写的简易入门书也无妨。

逻辑力也可以靠下棋或打麻将来培养。

规划设计图的时候，有人会在意“起承转合”或“序破急”①，其实不用硬把自己的故事套入这些规则中。小说的情形不需要归结在这样一板一眼的顺序里，很多既成的小说也没有遵循这套规则。

“起承转合”和“序破急”是帮助促进写作顺畅的引擎之一，但要是被它制约了，就会变得无趣。

随小说的不同，“起”的前面可以先有“合”也说不定。另外，也有小说是从“转”开头的吧。该以什么顺序写什么东西，那要看小说的内容而定。

直觉让小说更有趣

完成自己的设计图后，就可以开始写小说了。

规划出一份好的设计图时，感觉自己也能写出一部好小说，一定是满心欢喜吧。

不过，事实不见得如此，而这也是写小说的乐趣。当直觉超越设计图时，好小说才会真正诞生。

我常听作家们说，虽然写作前的确会事先规划设计图，但完全按设计图写成的作品总显得无趣。这种时候，他们会惋惜

---

① 源自日本舞乐的概念，也应用于能乐、香道、剑术等技艺，在编剧上即指“三幕构成”。——译注

“自己只会按照设计图写作”。

写小说这项作业真正有趣之处在于，虽然按照设计图下笔，但是到了中途突然不断涌现出自己原先没料想到的点子，直觉会开始发挥作用。

作为刚开始下笔时的基本蓝图，设计图是必要之物。可是设计图在以此为本、几经转变之下，或许可称之为一种“草案”。

当作家的直觉开始发挥作用，据他们的说法是“书中的角色会自己动起来”。

很多作家都曾不约而同地说出这样的话。

小说中的人物角色当然是作家创造出来的。不过写着写着，听说他们会有仿佛获得生命般自己动起来的瞬间，好作品也应运而生。作家的构想如果只局限于事先规划出的设计图，像在操纵人偶般摆布角色人物，这表示这部小说好像还不够精彩有趣。

超越作家控制的小说似乎连结局都会和作家当初设想的不一样，就像最后一块拼图般，分毫不差地吻合，构成完美的结局。

这样写作完成的作品不仅会成为生动的小说，甚至会超越作者自身拥有的经验。

如果说小说只能局限在作者经验范围内，那么只有拥有特殊经验的人或很有内涵的人才能写出好小说，不过大家也晓得，小说的实情并非如此吧。

小说在“写”的过程中，有时会超出作者的经验和知识的范畴。这样的小说反而会具有令人兴奋雀跃的趣味感。

写出角色人物的小档案

在开始写小说之前，请先写出各个角色人物的个性或小档案，并且尽可能周详地设定清楚。不只是主角，对所有会出场的人物，都要仔细设定好他是个什么样的人物。

据说，仓本聪先生在为连续剧《来自北国》写剧本时，对于各个剧中角色都一一制作年表，设定他们有什么样的童年、到几岁为止过着什么样的生活。小说尤其以人物的特质取胜，仿佛随时会动起来般事先仔细思考、设定出角色的生平会比较好。

这绝非难事，就像假如你遇到一个很有趣的人，就会想要更了解对方吧。应该会想象他度过了什么样的童年，现在住在什么样的地方，这可以视作同样一回事。

例如，这个角色在哪里出生？在什么样的家庭长大？谈过什么样的恋爱？现在住在哪里？过着什么样的生活？有什么样的朋友？常去什么样的店？休闲时看哪些电视节目？喜欢哪支棒球队？

诸如此类的事，就算不直接写在小说上，也要先巨细靡遗地写下来。这么一来，角色的存在感和台词就会显得栩栩如生。相反的，若事先没有想过这些，这个角色的分量就会变得相当薄弱。

第一章曾提过“小说是另一个可能的世界”，角色人物在那个世界是拥有生命的。所以角色人物不可随随便便塑造而充满了矛盾，也不能当作为了发展情节就便宜行事的对象。作家要尊重角色，不应该轻率地操控。

近来在通俗小说的世界里，角色人物的个性尤其受到重视。有没有塑造出一个充满魅力的人物，就决定了小说一半以上的价值，这样说也不为过。现实中个性太过强烈的角色若能在作品的世界里保有真实感，读者就能自然而然地接受。

我常常这么说：“自己创造出来的角色要照顾到最后，甚至小说写完后也会想到‘不知道他现在在做什么呢？’”要如此用心对待才行。

主角要用第几人称?

人称在小说当中是非常重要的要素。有此一说，决定好第几人称，小说即等于完成了三成。因为决定了人称就决定了“口白”的视角，要述说什么内容也会随之明确。

要以第一人称书写，还是第三人称？

就算决定好用第一人称，要自称“我”还是“敝人”[①]？

或决定用第三人称，要称这个角色为“田中”“一郎”或者“田中一郎”？依此决定，作品将大为不同。

以第一人称书写，表示主角的视角等同作品的世界。如果

① 日文原文为“仆”，男性的自称用语。——译注

以第三人称书写，就会从俯瞰的视角来写故事。前者可以详述主角的内心世界，并衬托出对外在世界无能为力的严峻情境。另外，由于世界被窄化了，故事空间不易扩展，可以说容易获得较高的真实感。后者则可以描写所有角色人物的心理，包括主角不在场的场面也能描写，借由转换聚焦的场景来推进故事。通俗小说通常以第三人称书写的作品居多，但不管第一人称还是第三人称，各有其优缺点。

在剧本的世界里，一般认为以第三人称书写最佳。因为若以第一人称书写，作者和主角之间的距离会太近，不过我认为，写小说不需要担心这点。

如同我一提再提的，语言不可能重现原物。就算以第一人称书写，也并不代表那表现了真正的“我”。因为在写作的过程中，文章和原物之间自然会产生距离。

所以选第一人称或第三人称都没有关系。

不过，对于习惯以第三人称写作的学员，我都会建议他试着以第一人称的“我”试着写。相反的，对于一向只以“我”来叙述主人公观感的学员，我也会请他试着以第三人称写写看。

这么一来，就能站在不同于以往的观点上，写出以前自己写不出来的部分了。

“绝无仅有”的好标题

请务必为你的小说取一个好标题。

虽然很难说明什么是好标题，不过如果对于这篇小说会想到“啊，非这个标题莫属”，那就是非此不可的最佳标题了吧。

例如，《厨房》不管怎么说就是《厨房》，不可能叫其他的名字。

同样的，《挪威的森林》只能是《挪威的森林》，《ab 珊瑚》[①] 也只能是《ab 珊瑚》，除此无他。

关于标题的命名法有许多种情形，与主题的关联、作品的背景地点、角色人物的关系、作品中关键的物品、作品整体的印象、最终的场景或利用开头的意象，或是制造诙谐的效果、抒情的文韵、看起来冷漠无情反而引人注意等等各式各样的例子，并没有一套只要遵循就能取个好名字的公式。

当有好几个候选的标题无法选定，或觉得应该另有更好的名字的时候，那就表示还没有真的遇见好标题。请再加把劲，想出一个好标题吧。

开场白是小说整体的缩图

小说开头的第一句话很重要，或许可以说是最重要的。很多小说家都表示：“若没决定好开头的第一行，小说就写不出来。”

以下举出数本名著的开头为例，解说这些开场白何以出色。

> 穿过县界长长的隧道，便是雪国。

---

① 日本作家黑田夏子所著，芥川奖获奖作品。

众所周知，这是川端康成的《雪国》。

这个著名的开场白虽然只有短短一句话，却提示了相当多的信息。首先，季节是冬天。主述者好像是从都市千里迢迢越过县界来到乡下，应该是坐火车。

这些信息唤起形象，成功带领读者在一瞬间就进入故事里岛村与驹子的世界。到戏院看电影的时候，会先买电影票再进入微暗的房间。这个过程是有其必要的，具有让观众暂时脱离日常世界的效果，可以先有心理准备，接下来即将置身于电影这个非日常的世界。小说是日常生活的延伸，为了在翻开书页的同时达到这个效果，开头的第一句话非常重要。以这样的观点来看，《雪国》的开头就是在宣告闯入一个异世界，仿佛暗示着读者将被带往一个非日常的空间。

《雪国》第一句的英文翻译是：“The train came out of the long tunnel into the snow country”。

再次翻译这句英文，就成了“火车穿过长长的隧道到了雪国”。因为英文是一种主语和述词明确、每个句子都自成完结的语言，所以加入了原文中没有的主语“火车”。

相对于此，日文的文章特色是，就算句子没有主语还是可以成立。即使各个句子不完整，但在延续的文脉当中，文章仍可达意。

关于《雪国》的英文翻译是个有趣的故事。

《雪国》这个标题的英文翻译应是“Snow Country”。但曾有一位译者表示应该译成“Strange Snow Country”，也就是“不可思议的雪国”。大概是认为开场白的第一句话营造出来的异空间氛围也该在标题表达出来吧。

不过，日文当中就算不刻意强调“Strange”，读了第一句话，也能传达出异空间的氛围。日语是一种卓越且饶富文学性的语言。

> 那天，我从衣柜的一角找出沾满灰尘的大学制服，相隔一年后再度穿上它。

这是吉行淳之介[①]《娼妇的房间》的开场白。

大学休学后成为记者的男主角获得采访一位大臣夫人的机会，因此换上一年没穿的大学制服出门，但他已不是学生身份一事遭到揭穿，被那位夫人狠狠羞辱了一番。之后，男子闲晃到花柳街，由此展开了故事。

这部作品的开头是从“那天”突然开始的。

“那天”是指已经发生过的事，暗示着读者将进入一个滔滔不绝地讲述的世界。才一揭幕，仿佛故事早已开始，读者只能接受小说中既成的世界，毫不留怀疑的余地。

这个开场白也提示了谜团。已经不是大学生的“我”出于某种原因，假扮成学生的姿态。主角到底是何许人物呢？有什么样的原因呢？由此处揭开序幕的故事让读者充满了期待。

这个开场白宣告着“小说要从这里开始了”“欢迎来到我的

---

① 吉行淳之介（1924—1994），日本小说家，出生于冈山县，著有《骤雨》《沙滩植物群》《娼妇的房间》等。

小说空间”，邀请读者加入。

> 睡前看星星是睦月的习惯，他坚信他两眼都达一点五的视力是拜这个习惯所赐。我也一起来到阳台，但不是为了看星星，而是要看睦月看星星时的侧脸。

这是江国香织[1]的《那一年，我们爱得闪闪发亮》。这本小说是描写一位酒精成瘾的女性和一个男同性恋者同居的奇妙爱情故事。

这句开场白提示了睦月这个角色人物有个稍微奇特的习惯——“看星星”。从“习惯”这个词汇，读者得知小说里的世界是从以前就开始持续到现在。

另外，起头的第一句话也能从“他”这个字得知睦月是男性。由此可猜想出和“他”一起生活的“我”这个主述者应该是位女性。

睦月是成人，这点也能从视力一点五很少见而猜出个大概。还有，睦月的侧脸很俊美。

短短三四句的开场白就成功提示了二人主要的个性。

读者对于即将开始的故事产生预感，自然会兴奋期待。

> 小雨迷蒙如暮霭的傍晚，三郎一边哭着从西边往东横越了两国桥。身上的条纹和服、腰间绑着小仓织的细腰绳

① 江国香织（1964— ），日本小说家、诗人，生于东京市，著有《沉落的黄昏》《东京塔》《那一年，我们爱得闪闪发亮》等。

和褪了色的黑围兜，从头到脚都淋湿了。

这是山本周五郎[①]《三郎》的开场白。短短的两句话就宣示了地点、时代背景和故事的开头。文笔如真实生活在那里般的影像，吸引读者掉进小说中的世界。

据信江户时代的两国桥因为横跨武藏国和下总国而得名，一个名叫“三郎”的少年没撑伞从江户[②]边哭边往乡下走，一定是发生了什么事。《雪国》的开头也有移动的意象，而《三郎》的开场白也具有让读者跨越日常生活和小说世界间的结界的效果。

雨、河、泪这三种水的意象有些许灰暗，也同时暗示着一个抒情的世界即将开始。

这优异的开场白让人作如此想：“啊，接下来要开始读山本周五郎的小说了，就让我哭个痛快吧。”

那时，我也在旅行。

这是开高健[③]的小说《夏之暗》。

非常强力有劲地切入，宛如一句洗练的广告标语般的开场白。

---

① 山本周五郎（1903—1967），日本小说家，生于山梨县，著有《五瓣之椿》《红胡子诊疗谈》《三郎》等。

② 即东京的旧称。——译注

③ 开高健（1930—1989），日本作家，生于大阪市，著有《国王的新衣》《耳朵故事》《夏之暗》等。

在美国荒野一条笔直的道路上停着一辆卡车，一个型男模特儿坐在后车厢上的海报，若旁边再加上这句话，海报一角放着冒着水珠的饮料瓶，那真是吻合得无懈可击。

首先，“那时”这个词汇，提示了某个既成的时空，并且能从“旅行”这个字眼感受到非日常性和故事性。

另外，“那时……也”的“也”字，暗示现在的他也过着漂泊不定的生活。总是浪迹天涯的旅人特别提出来述说的“那时”，一定发生了什么奇特的事。

我十七岁。现在，正站在坡道的半途上。

这是佐伯一麦荣获三岛由纪夫奖的作品《散漫的男孩》。

主人公不久前刚从县内首屈一指的明星学校辍学，因为他必须照顾生了孩子的前女友，但那孩子并不是主人公的小孩——就是这么一部青春小说。

小说的开头叙述主人公和前女友约在咖啡厅碰面，那家位于坡道上的咖啡厅却刚好公休。

“正站在坡道的半途上”这句话不仅只是字面上的意思，也象征了整本小说。优异小说的开场白有时就会这样。

这个十七岁的主人公“我”将来会继续成长，还是堕落？两种可能性都有，所以正在“坡道的半途上”。不过“站”这个字眼让人觉得他正打算做出什么决定。这个少年虽然处境堪虑，接下来会描写他稳健的成长吧。读者会对作品整体产生正面的印象。

我们从那天晚上就不挂蚊帐了。不知怎么的，没蚊子了。妻子和我都大概三天没睡了。这有可能吗，我不知道。或许曾不经意地短暂入眠，只是没有睡着的记忆罢了。十一月时离家出走，十二月会自杀。妻子没来由地对此深信不疑，说："这是你的命运。"

这是被喻为私小说的巅峰作——岛尾敏雄[①]的《死之棘》。主人公的"我"因为外遇，使太太的精神状况出了问题，不断地责备"我"，是一部有点可怕的小说。

开场白中的"那天晚上"这个短语暗示着从以前就存在的生活。

还有"蚊帐"是非常生活化的日用品，以"不挂蚊帐"这样的形式突然排除日常。拆下蚊帐宛如故事揭开序幕一样，让人预感到主人公与妻子度过的生活即将开始往非日常方向倾斜。

另外，"没有睡着的记忆""十一月时离家出走"这些话语，也提示了正常的生活受到动摇，让读者逐步被拉进小说的迷宫里。

夜二更的钟声，不知从何处响起的时候……

七八名形迹可疑的无业人和打杂工围着蜡烛火光照亮的灯罩，背后巨大的影子爬上斑驳的墙壁和破掉的纸拉门，幽幽晃动着。

---

① 岛尾敏雄（1917—1986），日本小说家，生于横滨市，著有《梦境的日常》《孤岛梦》《死之棘》等。

这是柴田炼三郎[1]的作品《眠狂四郎无赖控》的开场白。

“夜二更”约莫是晚间九点到十一点的时段。

这样的开头仿佛电影或电视的场景一般，浮现出非常鲜明的画面。不安的气氛中，传达出寂静，一方面又让人预感即将发生什么恐怖的事情。时代小说常可见这样令人赞叹的开场白。

> 人说这叫大红色的谎言[2]。如果谎言也有颜色的话，我想撒个玫瑰色[3]的谎。我一直想要这么做的。

这是荻野安娜[4]的芥川奖得奖作《背负的水》。

男女间的恋爱是少不了算计和谎言的世界，同样是说谎的话，“想撒个玫瑰色的谎”。这个开场白非常贴切地象征了整本小说。读者会想“让我见识下那玫瑰色的谎言吧”，而进入阅读的状态。

> 歌岛的人口一千四百人，是个方圆不满一公里的小岛。
>
> 歌岛有两处景色绝佳的地方。其中之一是靠近岛屿顶端、朝西北方而建的八代神社。

这是三岛由纪夫的《潮骚》。宛如摄影机捕捉即将开演的舞

---

① 柴田炼三郎（1917—1978），日本著名历史小说家，凭作品《耶稣的后裔》获日本直木奖和芥川奖，著有《眠狂四郎无赖控》《德川太平记》等。

② 日本俗谚，即天大的谎言之意。——译注

③ 原指粉红色，亦常用来形容充满幸福感。——译注

④ 荻野安娜（1956—　），日本小说家，生于横滨市，著有《螃蟹、他和我》《背负的水》等。

台背景，是个非常四平八稳的开场白。一开始俯瞰全体，然后聚焦在神社上。这样的手法也具有强大的力量来切断读者的日常，将人引进入小说里的非日常。

在如希腊小岛般的世外桃源即将展开的爱情故事——开场白给人这样的预感。

> “人事课不适合我，跑业务的话，我还可以欣然接受……”
> 压抑着想发怒的心情，广冈修平勉强吐出这句话。

这是高杉良[①]的《降职令》。

降职的通知——可以说是一场高潮戏突然就展开了，是非常有魄力的开场白。高杉良是预见自己的读者是经济小说迷才会这么写吧。“省掉复杂的说明，从开头就进入高潮吧”，能够感觉出这样的气势。

有力道的作家有时会在起头就创造第一场高潮戏。当然，这是为了吸引读者目不转睛。但要是后面没有再安排三四场高潮戏的力量，恐怕会变成虎头蛇尾的小说，不过效果绝佳。读者完全被拉进作品的世界里。还有像是太宰治的作品《奔跑吧！梅洛斯》，其开场白“梅洛斯火冒三丈”也是在一开头即设定一场高潮戏的例子。

> 和我有三票的差距，班长一职就决定由胁山茂担任了。

① 高杉良（1939— ），日本小说家，生于东京市，凭借备受欢迎的《危局》《王国的崩溃》等作品被称为日本经济小说大师。

在他准备走到前面向大家致意的瞬间，转过头来状似得意地瞄了我一眼。还是老样子，真是个差劲的家伙，我心中这么想。

这是山田咏美的《我不会读书》的开场白。也是从班上选班长的高潮戏开始，读者能在一瞬间就被拉进小说的空间里。

开场白用短短三句话，就提示出胁山这个角色的个性，以及立场相对的主述者，似乎拥有令人喜欢的性格，给读者欢乐的校园故事即将展开的预感。

埋伏进入第四天了。

这是岛田雅彦的《写给温和左翼的嬉游曲》的开场白，主人公在埋伏心仪的女大学生的场面。

读了这一句宛如悬疑小说的开场白，读者会想“到底在埋伏什么呢”而忍不住想要继续看下去。读者闯入已经进行三天如戏剧般的异空间，对“接下来会发生什么事”充满了期待。

《写给温和左翼的嬉游曲》是岛田雅彦的处女作。从这样的开场白可以窥知，打从一开始他就明白什么是小说，还有开头的重要性、小说的规则都掌握得宜。

好作品都有精彩的开场白

在我读过许多小说后，深切地有感于“好作品都有好的开场白”。没见过开场白好而后文差的作品，也没有开场白不好而后文写成杰作的小说。

因此，我认为作家们是绞尽脑汁才写出开场白的一句话。或许也有灵光乍现、神来一笔的时候，但大多数的情形应该是反复重写了好几遍吧。很多作家都说：“想不出起头的第一句话就写不下去。”

吉本芭娜娜的《厨房》的开场白如下：

> 我想在这世界上我最喜欢的地方就是厨房。

这么一句话。

有位评论家说这个句子很奇怪，表示应该写成“我在这世界上最喜欢的地方就是厨房”。因为读了后文发现，除了厨房之外似乎也没有其他“最喜欢的地方”，所以应该断言就是“厨房”。明明是自己的事却像不确定一样地说“我想”，这样的日文不合理。还有，如果要使用复句结构，应该写成“我想厨房是我在这世界上最喜欢的地方”才正确，也就是说“我想”和叙述句没有相对应。

对于这样的说法，吉本芭娜娜提出了反驳，说如果写成“我在这世界上最喜欢的地方就是厨房”就少了不安定感。为了呈现出不安定的感觉，才非常刻意地加了“我想”。

如同吉本芭娜娜所说的一样，直接肯定“是厨房”，还是加上“我想”，小说的主题将截然不同。即使身处于日常生活中仍凝视着永远，可以取得这样的微妙平衡是她作品的魅力之处。

就文法而言，或许不正确，但这样的开场白浓缩了小说整体的主题。

再举她另一篇作品《白河夜船》的开场白：

> 究竟从什么时候开始，当我独处的时候，会如此熟睡呢？
>
> 睡意如潮水般涌来，我已无力抵挡了。

这也是由提示谜团开场。

读者也会忍不住想“从什么时候，为什么”而一头栽进小说中的世界，而且这个开场白也直接加深了书名[①]所唤起的印象。结合书名，读者会留下“深夜、河、海、船、睡眠”这些印象。由此又能联想到羊水或沉睡的胎儿等，而和作品的主题“抚慰、救赎”产生连结。这部作品拥有抚慰读者的力量，甚至是在读者看到开头三句话的瞬间，抚慰的作用就已经开始启动了。像这样的独白式开场白，虽然也伴随着无法促使读者提起兴趣的危险性，但这里的独白反而和主题相辅相成，效果更好。

开场白应多加留意的是，是否能让读者一举跳脱日常生活。如何让读者一头栽进故事当中的世界，从“这个世界从以前就持续着的暗示”或“空间上移动的提示”这些由前人所示范的优秀开场白，即可窥见一斑。

---

① 日文中，“白河夜船”为形容睡得很沉的成语。——译注

此外，“不要提示一个封闭的世界”“不要陷入自言自语”也很重要。据说公开征稿的新人奖对于以“主人公在自己的房间醒来”而开始的小说，是无条件予以剔除的。因为无法在开头暗示一个开阔世界的作品，接下来的内容已可想而知。话虽如此，卡夫卡的《变形记》就是主人公从自己的房间醒来而开始的故事。凡事皆有例外。

不过，各位将来学习写小说的时候，有个利用名著开场白的练习法。就是找一本名著，从它开头的第一行开始试着写下接续的句子，写成自己的小说。高桥源一郎也推荐这个方法，会成为很好的训练。

例如，开高健的“那时，我也在旅行”，请接着这句话写出后面的文章。或者，岛田雅彦的开场白“埋伏进入第四天了”，试着写出后续的发展。

只有你才写得出来的小说就会由此展开吧。

文风可随作品而异

每位作家各有其独特的文风。

例如吉本芭娜娜的文笔风格非常简约，意图使平常不阅读的人也能欣然接受。

但我不认为作家吉本芭娜娜写不出辞藻华丽、充满修辞性的文章。她本人说过以文艺杂志为中心写作的时期反而还比较轻松。因为平常有阅读小说习惯的读者能自然地接受文学性的表现手法。像现在这样写成浅显易懂的文体风格，反倒更费功夫吧。

与她恰恰相反的是作家大江健三郎。听说他在开头写的文章非常浅显，然后到最后故意改成深奥的文风，认为这样作品才告完成。

由此可知，作家完成作品前都各自拥有一个迥然而异、难以称为单纯的过程。

作家之中，也有人会依作品的不同而稍加改变文体。依主题而定，有时文笔故意写得粗糙，有时又变得细致。

各位也不要打从一开始就决定“自己的文风是这样”，试着依“这样的内容适合这样的文风”灵活地加以变化。当然，知易行难，文笔不是想变就能随心所欲地变化，但只要留心这一点，相信文风就会变得愈加宽广。

如何精进描写的手法?

左右小说的成败有个很重要的因素，就是描写。

所谓描写，是针对某一个对象做叙述，亦即用语言表现或用不同的说法叙述这个对象的形状、状态、角色人物的感觉等。

想要增进描写的技巧，就要多读好作品。不只是描写，对话、说明文也包含在内，借由多阅读好文章，自己的表现能力也会有所进步。

相反的，当自己能写出好文章时，对于他人写的好文章也能更加深入地赏析。这么一来，阅读的乐趣就会加倍。

对自己的感觉有所自省也很重要。不要人云亦云、随波逐流，要重视自己的想法和感受，这样才能琢磨写作能力和表现力。

再一次举吉本芭娜娜为例。

对于自己的作品，她期许读者能在脑海中创造一个“空间”。既不是“画”也不是“字”，而特别指出是“空间”。为此在描写上也下了很多功夫。

如果描写得太详细，会局限在“字＝意思”上，或是视觉上的描写太过写实，又会只成为一幅“画”。恰好写到微妙的界线以传达出主人公的心情，她希望自己的小说能准备一个这样的“空间”，邀请读者进入到这个空间里面。

打个比方，假设有一支汤匙好了。关于这支汤匙，如果巨细靡遗地写出“有多少重量、什么形状”，那就只成了说明(＝字)。

或者，对这支汤匙的外观仔细描述到能唤起鲜明的形象，那每个读者都看到相同的影像，对任何人而言都是一样的汤匙(＝画)。

为了写出让读者感受到“空间”，而不是字或画，她势必在描写上花了很多苦心。

这是非常重要的。以前也有小说花很多篇幅描写风景以营造出季节的氛围，不过到了现在不得不说这样的手法已经过时。如果只是想表示季节，像岛尾敏雄的《死之棘》的开头一样，“不再挂蚊帐了”就足以传达。吉本芭娜娜的“空间”意识，具有让可能偏向过剩或欠缺的“描写”产生恰到好处的效果，这样的附带效果也可说是一种智慧吧。

在小说中描写某个对象时，一定要写出该物与“我”的关系。

例如先前提到的汤匙。就写小说而言，汤匙本身不是脱离我而单独存在的东西，而是对于“我”来说是一支怎么样的汤匙，也就是写出“我”和汤匙的关系。

“我”只把这支汤匙当作单纯的生活用品，还是昂贵的银制品，或是有珍贵回忆的宝贝？依此写法将截然不同。

还有“我”在使用这支汤匙的时候，“我”的手会形成使用汤匙的手势。也就是说，汤匙不是单纯的物品，而是受到“我”的影响而存在。

写作时如能同时思考到这些，应该就能描写得更好。

生动的对话

对话要怎么描写才会显得生动呢？

我想这还是语言上的问题。能否选出有真实感的语汇，就是关键。

打个比方，你想写一段高中女生的对话。因为想要尽可能接近真实，所以研究高中女生的流行用语或在电车上录下高中女生说的话，直接照实写下来。试问这样是否就能成为具有真实感的对话？事实上绝非那么简单。

如前文提过的井伏鳟二的作品《涟军记》，当中的对话文也不是使用当时的语言或方言，而是以标准的现代语写成。尽管如此，却充满了真实感，一点也没有不协调的感觉。这是因为作家对于选词、铺陈拥有卓越的品位。

要磨炼这样的品位，多接触相声等语言领域的技艺也是方法之一。

另一个让对话更加自然的方法是，写好后发出声音念出来。

职业作家也会为了确认写好的对话是否流畅，而在写完后朗读出来。朗读时如果感觉有卡住的地方，就判断是写得还不够好，并着手重写。然后这样反复推敲，直到不再感觉不流畅为止。

写亲身体验时该注意的事项

你未来计划要写的小说，或许会有以你的亲身经验为基础的部分。这时候，有个应该注意的地方，就是愈是以亲身体验为本的部分，愈应该细心描写。

审阅学员们写的小说时，我能立刻察觉出那是不是作者本人的实际体验。然后，经过我向本人查证，命中率达百分之九十八。

有位学员的小说中写了看似不可能发生的情节，例如主人公中了一千万日元的彩票奖金。其他的同学看了直说“怎么可能有这种事”。但是我一看就知道那是基于作者本人的亲身体验所写成的。

尽管如此，为什么其他同学觉得“不可能”呢？那是因为是自己的亲身体验，所以下笔的时候不经意地自信满满。由于是亲身体验，一不注意就会在表现的手法上怠惰，使得文章看起来粗糙。

如此一来，读者可能会觉得该处显得格格不入，无法传达出真实感。不管是真是假，为了贴近真实都不应疏忽，要下功夫来描写。

结局不可缺少之物

所谓的好小说，就是不管是什么样的小说，最后都会留下希望。

不管是多渺小的希望都好，而且不一定要是快乐的结局。“最后终于和心爱的人在一起了”——就算不是这种圆满收场的结局也没有关系。

绵矢莉莎的作品《亲爱的闺蜜》的结尾，主角用大阪腔说了一句“真拿他没辙”。故事的结局离主角希望的快乐结局还差得远，但还是豁达地说了一句“真拿他没辙”。这种豁达其实也是一种希望。

不管包围主角的现实是多么绝望，只要主角的心中还有希望或向前的力量，读完后内心会觉得舒坦。读者读完后，觉得“太好了”“真好看”，便能受到救赎、获得抚慰。

在本书的末尾，我与角田光代女士的对谈中，提到“结尾的安排不容易”的话题。其中，角田女士表示并不是一定要“相信希望”，而是写出“想要相信希望，这样就够了”。

创作通俗小说的重点

时代小说、侦探小说、新本格推理小说、恐怖小说、奇幻小说、科幻小说、轻小说，等等，在通俗小说的领域里各种类型小说百花齐放。以下针对各个要素分门别类，举出创作通俗小说时应注意的重点。

•人物

在通俗小说的领域中，最讲求的是能否创造出魅力十足的角色人物。最好要有漫画人物般的鲜明个性。从古至今，大众文学的世界里诞生了各式各样的角色人物，如机龙之介、半七、明智小五郎、金田一耕助、眠狂四郎，这些人物虽有各自的特色，仍保有最低限度的真实感。在现实的一亿人口当中或许真的有一个这样的人存在——就是这样的真实感。另一方面，当今大众要求的人物是“就算看似在现实中不存在也无所谓，只要在小说里充满魅力，读起来生动就好”。例如畠中惠①的《娑婆气》系列作品中的少爷，还有谷川流②的超人气系列作品的主角凉宫春日，虽然少了在现实中的真实感，但在小说里仍保有确切的真实感。些许脱离现实也无妨，对现在的通俗小说而言，设定充满魅力的人物是第一要务。

---

① 畠中惠（1959—　），日本推理小说作家，生于高知县，著有《猫婆婆》《狐者异》《娑婆气》等。

② 谷川流（1970—　），日本小说家、漫画创作者，生于兵库县，代表作有《凉宫春日的忧郁》系列作品。

不过，若作品锁定的读者群是成人，与其设定“荒诞无稽但讨人喜爱的角色”，不如采取“生在现代、具有强烈同时代性的角色”的路线才是正确的策略。关于这一点，会在稍后的“同时代性”部分再详加说明。

• 故事

前文再三提及，光凭想象力编织故事是非常辛苦的事，不过在此可介绍几个编写故事的提示。

一般认为，剧情波澜万丈、高潮迭起的故事是好作品，被认为单调或平板的就是失败的作品。那么，有避免故事情节单调的方法吗？

远藤周作在讲评柴田炼三郎的作品《眠狂四郎无赖控》第一集时说，大众文学的本质条件是“寻宝的要素”。所谓的“寻宝”，换句话说就像是“解谜”。读者想要寻找藏在故事前方的“宝藏”，就会被拉进小说的世界里，而“宝藏”就是“解谜的关键”或“谜团的答案”。

可以这么说，好小说需要“谜团”。

在小说开头处铺设谜团，在结尾解谜，是通俗小说的基本架构。或许你以为谜团是推理小说的专利，其实不只是“谁是凶手”这样狭义的“谜”，“这段恋情是否能开花结果？”“主角能不能逃过敌人的追击？”这些也都能称之为“谜”。不过，在故事的开头设定了一个“读者不可能想象得到的异世界”，然后到了结尾才又揭示“这个世界其实是这样”是行不通的。简言之，把“故事的场地”本身当作故事的“谜团”是犯规的。若不尽早在开头处把

“故事的场地”交代清楚，会给读者带来不必要的压力。

首先，故事以一个从头到尾的“大谜团”（与解谜）为基本架构，中间安插多个“小谜团”。起初“小谜团”看起来和“大谜团”没什么关联，但继续阅读下去后会发现它是解开“大谜团”的线索。

文库本时代小说大师佐伯泰英的作品，一集大致分成五章。每集在开头处提示一个“大谜团”，然后在各章又设定了“小谜团”，并在该章揭晓答案。到了最后一章的尾声，开头的“大谜团”终于获得解谜。这是基本形态，也是读者百看不厌的手法。佐伯的作品，还有一个特征不可遗漏，那就是第一集开头处的“特大谜团”会一直延续到完结篇。他的《瞌睡的盘音·江户双纸》系列是超过四十集仍屹立不倒的空前绝后、超人气大作。“主人公盘音的魅力”与“特大、大、小的谜团”是其中的秘密。“一个大谜团”和“数个小谜团”，综观古今畅销的通俗小说几乎都有这样的共通架构。

• 同时代性

阅读你的小说的人和你生在同一个时代，努力活在这个时代的人才是你的读者。以前在高度经济成长期出版的通俗小说，就强烈地反映出高度经济成长期的同时代性。生活在那个时代的人，想都没想过会发生公司倒闭、薪资调降等情形，所以主人公根本没必要在意钱的事。泡沫经济时期也一样。

如今这个时代可没办法这样了。主人公如果是个花钱如流水的人，就必须把这个设定交代清楚。若具有经济上的背景，读者就能欣然接受吧。但是，对于明天可能就遭到裁员的读者来说，主人公不能完全没有这方面的意识。即使只是累积了小小的不协调感，读者还是很有可能会弃作品而去。

前面提到《瞌睡的盘音·江户双纸》系列作品的主角是直心影流的剑术高手，因脱离属藩成为浪人而身无分文，就像现在被裁员的人一样。于是栖身江户的他开始兼差做杀鳗鱼的工作。以剑豪的身手打零工！就连高度经济成长期或泡沫经济时期的英雄人物都不具备这样的真实感。这样的同时代性可以抓住活在当代的读者的心。不管是角色人物的设定，还是故事情节的设定，都要好好融入这一点。

对你而言，同时代性是什么呢？金钱问题、次文化的兴盛、险恶的霸凌、组织的脆弱、外交的不安、保守右翼……这些虽然可通称“同时代性”，却有五花八门的面向。若能把你自身的问题自然地反映在作品上，多数读者也会觉得心有戚戚焉吧。

•两个现在

以第一人称写小说的时候，小说当中的世界基本上是由主述者以第一人称的视角呈现，所以小说进行的场地（小说的现在）就只有一个。就通俗小说的情形而言，以第一人称写作常常容易显得单调，因此需要相当的力气。

以第三人称书写的话，不管哪个角色人物都能当作进行故事的主体来控制，意味着小说的现在以复数的角度观看，这也是一种写作手法。小说一旦拥有两个现在，故事就会突然变得有张力。尤其在各章交互穿插小说中的现在，这样的架构能让读者的意识往返于两个地点，情绪因而会激烈起伏。

假设有个侦探A和犯人B，描写A逐一检视证据追查B的章节，和描写B试图躲过A的追击的章节交互穿插。A只差一步就能抓到犯人却浑然不知B的存在，而B虽然打算逃走，却像被A吸引一样忍不住接近他……很多通俗小说利用这个手法，成功制造出紧张感。可以达到这样的效果，也是因为小说设定了两个现在的关系。

不过，小说中的现在如果超过三个，难度就会提升很多。若不是写作纯熟，恐怕是相当危险的尝试。能在小说里自如操纵多个现在的精彩杰作，有宫部美雪的《理由》、池波正太郎的《云雾仁左卫门》、筒井康隆的《虚航船团》等。

写小说时应掌握的大致重点，到此说明完毕。

作品写完后不要急着马上宣告大功告成。要重新阅读几次，反复推敲到自己满意为止。你想传达的事、要求的事，是否好好表现出来了？请用自己的眼睛仔细阅读和确认。

写作时会因为很投入而写得太仓促。可以的话，最好隔一段时间让自己冷静下来后再重新审视。

写作遇到瓶颈时

如果你立志成为小说家，那就要常常动笔、多多写作。再忙碌的日子也要花一小时的时间思考关于小说的事。不间断、持之以恒是最重要的。

常常有人问我："如果陷入低潮期该怎么办?"虽然我这么说很严厉，不过"低潮期（slump）"这个字眼在棒球的领域里也只有打击率高达三成的打者才配使用。到这个阶段之前说"无论如何就是写不出来"，我还是只能回答："总之就是写写看。"

还有，请养成把小说写到最后的习惯。比起十部写到一半的小说，还不如一部写到完结的作品。就算写得不够好、自己还不满意，也不要中途放弃，请坚持到画下休止符为止。这样会成为很好的训练，也能培养出写作的自信心。如果真的遇到写不下去的瓶颈时，请记得"不按照顺序写"其实也没关系。

第一章之后是第二章，接下来写第三章……以这样正确的顺序写作自然是最理想的，不过并非一定要遵守这个规则不可。不需要为了自己为何写不下去所苦，暂时放下那个段落，先写其他部分也无所谓。最后再回到那个尚未完成的部分，也许就会因为萌生不同于以往的想法而文思泉涌了。

没有不遇到瓶颈的人

写小说的功力其实没有"直线上升"这种事。并不是练习三个月就能进步三个月、努力两年的人就一定赢过资历一年的人一倍，不是这么单纯的事。

另外，年轻时大展身手的人过了三十岁后开始出现停滞，或是一直没有突出表现的人到了四五十岁突然大放异彩，这种情况也时有所闻。

写小说的修业，就像大家在同一个操场上赛跑，谁跑第一名，谁又是最后一名，没有人能预料。这就是小说的世界。原本看似还跑输一圈、两圈的人，不知何时突然升到了第一名，这样的情形屡见不鲜。

正因为这样，反倒是出现遇到瓶颈的时期，是再自然不过的事了。因为不管怎么写都不顺利，觉得自己没有才华而沮丧，从此放弃写作的情形，可以说几乎都发生在这种时候。

这时请不要焦急。顺利踏入文坛成为小说家的人，或是还没出道但作品优秀的人，都是几度遇上瓶颈仍不放弃、持续写作的人。

世上没有不碰到瓶颈的人。只要持续写作，再度成长的时期一定会到来，总有一天能写出自己满意的好作品。

让作者突飞猛进的“绊脚石”

虽然常听到“编辑培育作家”这种说法，但历经长年的编辑生活，我深深感到编辑能做的只有支持作家和为作家加油而已。

写作班上教学员写小说时也一样，我只是等待学员自己发现了什么，才能愈来愈进步。

当然，平常的课程中，我会提供建议“请改成这样”“这么做比较好”“小说是这么回事”等。不过，其实心里有时也会想“现在不管我怎么费尽唇舌解释，对方也没办法理解吧”。

但是我会继续说，我的话语一定会留在学员的心中。然后在某一个瞬间，自己“发现”的时刻就会到来。此时，这写作将会有惊人的成长。对于这个“发现”，我称之为“绊脚石”。

那是经过踌躇后，豁然开朗、疑惑尘埃落定、视野开阔的瞬间。这个瞬间何时会到来，我和学员都无法预测。三个月后，一年后，还是十年后？总之，当它是一件“花时间”的事比较好。

不管花多少时间，“啊，老师说的是这么一回事啊！”能这样恍然大悟是非常重要的阶段。

我能做的，只是为了这个不知何时会来临的时刻，持续提供可能成为线索的话语而已。

动摇“理所当然”的事

“绊脚石”对当事人而言，不会是突然出现在眼前的崭新事物，是本来就存在，但有崭新的认知。性质上就是发现以往视为理所当然的事物，其实并非理所当然。

为了促成这个发现，我向学员提供各式各样的想法。

“主角不要是女性，改成男性怎么样？”我曾这么提议，也建议过“把结局写成这样如何”，学员刚开始时似乎都不可置信地认为“老师怎会说出这样的话”，但一贯被制约的想法或做法，因此开始动摇，却是事实。

愈是长期写作的人、或已经到达一定水平的人，自己的想法或方法就愈是容易被固定。借由动摇对方的想法，让他离开现在所处的位置，退一步来看事物，是我的目的。

换个说法就是“请试着怀疑至今从未怀疑过的事”。

这个世界上有许多约定俗成的事情，若开始觉得理所当然，就会看不见原本并非理所当然的事，因为“习惯”而看不见。

例如家里养猫的人在不知不觉中，习惯吃饭时猫来到自己脚边、每天早上猫跑到床上来，这一切变得理所当然。因为“习以为常”的关系而看不见猫了。

然后，某一天有客人来访，客人不经意地说：“哎呀，猫会躲在这种地方啊。”此时自己才惊觉家里的猫有这种习惯，或是别人家的猫不是这样。

另外，试着发现观看一件事物时，不是只有自己的观点，还有其他各种视角也很重要。即使是同一个东西，不只有正面的脸孔，还有背影和侧面。只要持续写小说，就会察觉到这一点。

察觉肉眼看不见的东西的存在、对以前认为理所当然的事物抱持怀疑的态度、发现还有其他观点，在这世界上而言是非常重要的事，也是让小说更进步的一大力量。

各位往后在写作的过程中也会遭遇好几次“绊脚石”吧。踌躇，发现，来到新境界。从这个瞬间开始，你的作品会有剧烈的改变。就连眼前的世界，甚至是人生，或许都会因此有所转变。

四

实践篇：从身边的事物开始练习写小说

试以“家庭”为题写小说

虽然想要尝试写小说，却毫无头绪。

对于这样的人，我推荐首先以“家庭”为主题来写写看。

家庭，对任何人来说都是切身的主题，应该是个很好发挥的题材。

写出实际家庭发生的事，写出所有家人，或只举出其中一人都无妨。祖父、祖母、爸爸、妈妈、兄弟、姊妹、丈夫、妻子的事，当然小孩或孙子也可以，甚至描写横跨两代、三代的家族史，也有挑战的价值。

不只是自己的家庭，也可以提出关于现代家庭的问题，理想的家庭或是完全想象、虚构的家庭也都没关系。至于认为“真正了解我的只有猫咪和小狗”的人，也可以视猫狗为家人来写小说。

对于家庭，我想没有人是毫无想法的。喜欢、讨厌、亲密、疏远，牵涉各式各样的关系。就算讨厌、疏远也有变成这样的原因和故事。因此以家庭为主题来写小说，一千人就会出现一千种完全不一样的文章。

你不妨也先以“家庭”为主题来写写看吧。

可能有人不喜欢写关于自己的事。不过，如同我再三强调的一样，反正要完全如实地写出你的家庭是不可能的。使用语言这种“任意形成”的媒体，无意间就会对现实进行取舍，所以完成的作品在某种意味上已是“杜撰”。

要是觉得“家庭”这个主题太难，以“你”自己为题也无妨。

你自己，也就是写自身的事，或假设特定的某人为“你”来写也可以。

页数不拘，五页、十页，还是一百页都行。针对某一个主题，先了解自己有写多少页的能耐，小说的写作也将由此起步。

范例文

那么，以下介绍一篇由一位四十多岁的女性所执笔、以“家庭”为主题的文章，作为实际的范例。

那孩子从呱呱落地的那一刻起就是那孩子

一个人的死法反映了自己生存之道——（①）我曾听过这样的说法。

想起外婆的死，我同意这句话。

我的外婆，在冬雪深深的秋田老街过了一辈子。她性情开朗，擅交际，却讨厌麻烦别人，直到七十二岁亡故那天仍神采奕奕。即使在寒冬下雪的早晨，天还没亮就起床，每天不忘为道路铲雪，就连要爬上屋顶的除雪工作也全都独立完成。

死因是心肌梗塞。某天早上，她出门前往离家约一公里外的菩提寺为外公的忌日上香，被人发现倒在墓碑前。那个墓碑对外婆来说，是丈夫的墓碑，也是自己的永眠之地。外婆以自己的双脚走到人生的终点。好洒脱的死法，不是吗？

不过，其实一个人出生的方式也反映了他自己本身（②）。这是我女儿翔教我的事。

翔在平成十七年（2005年）十二月出生，是在我们夫妻（③）结婚第八年，几乎放弃生孩子这件事时，奇迹般降临的小宝宝，那是先生四十岁（③）、我三十八岁的时候。

比预产期早二十天的十二月初，阵痛好像开始了，原以为还可以悠闲几天的我慌忙准备住院的行李，搭出租车直奔医院。

住院一晚，阵痛却没有加剧。隔天早上，院方表示“那先请回吧”，于是我只好出院。这种情形一共重复了两次。

你想要被生下来，还是不想呢？——我问着肚子里的宝宝。

一周后，真正的阵痛似乎终于来了。由于是星期天的晚上，先生陪我一起搭出租车到医院。

到了诊间，主治医师说：“快一点的话，明天早上会出生吧。不过你是生头一胎，应该会花上半天的时间，你们等一下可以去吃个晚饭，我先检查一下胎心。”

可是这时突然发生了变化。和主治医师的话大相径庭，在检查胎心的时候，一股教人几乎发不出声音的剧痛突然向我袭来。

原本正看着屏幕检查胎心的助产师们急奔过来，让我坐在轮椅上，然后高速推往分娩室。

到底发生了什么事？脑子里一片空白，我已被搬上分娩台了。助产师对我说：“请用力，你要生了！”

咦？第一胎不是很花时间吗？

听说第一次生产通常从开始阵痛到分娩平均会花上十二到十五小时。可是这个数月前从书上看来的知识，在一瞬间被抛到九霄云外。主治医师的话“花上半天的时间”也已经没有任何意义。此刻唯有全身仿佛快要瓦解般的疼痛才是确切的现实。

助产师以严肃的表情告诉我，现在是紧急状况。

“宝宝的心音变弱了，必须快点生出来才行。请加油用力！”

这话让我一时难以置信，应该不是在开玩笑。我赌上性命用力，就算自己的身体崩坏也在所不惜。

在第二次用力后，宝宝的哭声响彻天花板。主治医师把红通通、温暖的生命放到我的腹部，说：“恭喜你！”笼罩在分娩室的紧张气氛一下子缓和下来，助产师们也纷纷露出笑容恭喜我。

生了。终于生下来了。

颤抖着身体哭泣、这两千六百五十二克的小生命，被我忘情地抱在怀里。早了预产期半个月出生的翔。从阵痛开始仅仅四小时、到医院一小时半后，只用力了两次就出生的翔。这次如特例的快速生产可以说是完美的分娩。这孩子一定是想要快点被生下来吧，我也涌现了这样的心情。

不过，几天后我听助产师说，当时翔的状态绝不是可以乐观看待的。翔虽然已经到了子宫口，却不知为何停了下来而陷入缺氧状态。

到底是想要被生下来，还是不想呢？

我猜想着。这孩子大概是想被生下来，但到了紧要关头又突然害怕了。

原本想要欢喜勇敢地呱呱落地，却临时退缩了起来。

我直觉这孩子拥有纤细的感性，就如同我小时候一样。（④）

之后过了七年。

现在回想起那时的生产状况，简直和翔的个性如出一辙。（⑤）

翔基本上是个好奇心旺盛、朝气蓬勃的女孩。（⑥）对许多事物充满好奇心，自己也想要试试看。想要快点长大，所以比起和其他孩子一起玩游戏，更喜欢和大人说话。

从一岁开始就是这样。在她连十个语汇都还不会的时期，翔学会了说“○○是吧”，常笑眯眯地对着我说：“○×△◇☆是吧。”“○×△◇☆”的部分是口中喃喃发出无意义的声音，但本人似乎觉得对话成立了。也曾经在便利商店对着收银的小姐说：“○×△◇☆您说是吧。”而且还知道要用敬语，实在令人发噱。收银小姐虽然对翔回以微笑，仍用困惑的眼神向我求助：“咦……？”

想要快点和大人一样。这样的欲望当然好，对父母来说真是太可靠了。不过，翔常常任欲望过度膨胀，反而限制了自己。

脑子里尽是理想的自我形象，双脚却无力支撑而冻住了。

我一定要做！可是不知道怎么做，又害怕失败。在她心浮气躁、手足无措的同时，情绪悄悄转变成生闷气。

学钢琴就是如此。翔从三岁的时候开始上音乐班，她很喜欢去上课，因为可以和老师说话，回到家后却完全不练习。不管怎么诱导都没用，称赞或是责骂都行不通，自然也不会进步。

“不然，不要再学钢琴也没关系喔。”我不知说过多少次。我的想法是学才艺只要喜欢就好。（⑦）勉强不会进步，若反而因此讨厌音乐，那就本末倒置了。

但是翔回答说：“我要学！一定要学！”

有一次，我问她：“既然不喜欢练习，为什么要继续学呢？”

结果，翔高声大叫说：“我要弹钢琴，让大家跳舞！”

我忍不住笑出来。想要很多人随自己的音乐起舞，这小小的心灵居然有如此宏大的浪漫梦想。不好意思是我失礼了。那就继续学吧。加油哦，妈妈我也会重新整顿好心情。（⑧）

可是，翔还是不练习，稍有失误就闹别扭不弹了。幻想中的“让大家翩翩起舞的钢琴演奏家”和现实中的自己，她想要忽视当中的差距。这样的话，好好练习不就得了。练习的话，就会慢慢进步。

就算我苦口婆心这么说，她还是不肯练琴。

“不要再学琴了吧？”“不要，我要学！”这场针对钢琴的母女攻防战，至今仍持续上演着。

翔的独特个性到了幼儿园，让她成了“问题儿童”（⑨）。

平常和大人极为亲近的翔，却和其他小朋友相处不来，这是在她进幼儿园就读以后的事。（⑩）

想要和大家做朋友，可是不会自己主动，因为害怕被拒绝，所以只是一旁默默看着其他小朋友玩游戏，任凭时间流逝。这时，想和大家一起玩的心情愈来愈高涨，在没人注意的时候，闷闷不乐的情绪到达了顶点。

这时，她会动手打第一个主动向她说话的乖孩子。被打的孩子哭了，周遭的人搞不清楚发生了什么事。

到底翔是想和大家一起玩，还是不想呢？

当然是想要一起玩。但是表现出来的样子常常带来反效果。

画画课的时间，翔也经常兴奋过度，迟迟不肯开始画，就算老师催促也没用。总算开始画了，过了一会儿不知是否因为不满意又乱涂一通，还曾粗暴地撕毁图画纸。

她是想要画还是不想呢？

翔是想要画画的。她最喜欢画画了。因为好喜欢，所以没办法随便画。

根据老师的说法——“翔想要画得像照片一样”。没错，翔想要在图画纸上满满画出像照片一样逼真、如大师名画般完美的画。

“问题儿童”——翔，一举成名是在幼儿园中班的运动会上。翔引发了一桩大事件。（⑪）

某个运动项目中有跳箱的环节，不过翔一直到运动会当天都没能跳过。其他的孩子经过练习逐渐学会，但固执的翔似乎陷入因为跳不过所以不练习、因为不练习所以跳不过的恶性循环中。当天仍有些孩子跳不过，所以大家都借助老师的手或利用跳板的辅助陆续完成。

可是翔不一样。明明平常都没练习，一上场却无论如何都想靠一己之力完成。她的毅力的确惊人，一试再试了好几次，就算老师伸出手想帮忙或拿出跳板仍执意不从。

老师用麦克风向观众广播："小翔好像是想靠自己的力量努力到最后！"不知从何方传来"哦——"的感佩声。可是任谁都看得出来，不管怎么努力都还差得远。

只有时间不停流逝。场内开始出现骚动。一回神，我如祈祷般合着双手。翔的脑海中，有个以完美身段跃过跳箱的自己。这个形象如怪物般膨胀，而她无法认同现实中做不到的自己。

我懂，我懂的。不过今天就算了吧。让老师帮你跳过吧。用跳板也可以，拜托——

就在这时，骚动的规模突然扩大。翔开始打想要帮她的老师。老师一边被打仍一边试着努力开导她。翔一边哭一边打老师，好气恼，好气恼。

这天，幼儿园学生就有两百人以上，加上来参观的家长约有六七百人之多，全都注视着我的孩子。这次连公公婆婆也来参观，我缩得好小、好小，巴不得就这样被吸入脚下的地底里。

升上大班后，翔的性情稳定多了。没有再发生打其他小朋友的情况，对于不擅长的事也不再逃避。累积了许多失败，尝了许多苦头，那孩子依自己的步调长大了。从来不听劝的翔不管什么事都要自己试试看，只能体会着苦涩的经验成长吧。笨拙，但也因为如此，我想她的成长是货真价实的。

翔上了小学后更是长大了不少。好奇、想要试试看的强烈欲望已能用自己的力量与现实结合。不再紧抓大人连番发问，也邂逅了能满足自己好奇心的“书”。翔很喜欢读书。

翔从幼儿园毕业时，一位老师说的话让我难以忘怀。

“这三年来，小翔带给我们很多乐趣，少有孩子会中断运动会的进行。那孩子想做的事有很多很多，可是幼童的力量有限，所以虽然总是进退两难，但将来随着她的成长一定会一个一个实现的，好期待哦。”

不过，在那个如噩梦般的运动会日后，我的肚子里又有了小宝宝。我们夫妻身上发生了第二次的奇迹，有了第二个孩子。

平成二十二年（2010年）的秋天，和翔相差五岁的弟弟——大地出生了。

大地出生的方式也完全反映出他的个性。

不同于乍看之下旁若无人其实内心细腻至极的翔，大地拥有稳如泰山的安定内在，非常天真无邪。翔老是在灰色地带徘徊，大地则不管什么事都要分清楚黑白。

还有，该怎么说呢？就是不懂得客气。还是胎儿的时候，大地也不顾四十三岁的母体，自己不断成长，出生时的体重达三千七百一十二克，比翔重了一公斤以上。翔在星期天的晚上出生，助产师们还称赞她：“顾虑到爸爸平时工作忙。”大地却是在一周的中间，也就是星期三的中午把已经出门上班的爸爸叫来医院之后才满意地出生。

从呱呱落地开始，翔就是翔，大地就是大地。将来，翔也会是翔，大地也会是大地，各自如画着锯齿的线，继续成长吧。

我也要以自己的方式活到最后，以自己的方式死去。到那个时候，最好像外婆一样用自己的双脚走到墓碑，我想以这样的死法告别人世。

如何呢？

这篇文章容易阅读，写得不错吧？

然而，若当成小说来看的话，会有种过于理性论述的感觉。

本人原本不是当成写小说，比较像是以家庭为主题写下散文的心情。

不过，我在说明小说的定义的地方曾提及散文（随笔）也是小说的一种，而且这篇文章只要再下一点功夫，风格就能变得更像小说。为此不妨可以撒点“小谎”。

这位女性参考了我的讲评后，把这篇文章重新写成更具小说风格的作品。

以此文作为任何人都能以身边的事物为题写成小说的例子，后文会再一次介绍这篇改写过的文章。

以下先看我的讲评。

• 不要以语言帮助主题

整体而言，这篇文章的“说明”过多，本来应以内容传达的事，直接用话语说得明白了当。

说明最为过多的例子是（①）“一个人的死法反映了自己的

生存之道”和（②）“一个人出生的方式也反映了他自己本身”。

这些事只要继续读下去就会了解，而且其实这两句话就是文章本身的主题。所谓主题，就是让读者在阅读内容时感受或发现的事。作者提前用语言向读者说明，有违小说的规则。

加上（①）还是开场白。如果从开头就写出结论，还没阅读内容的读者只会有“啊，是这样吗”这样的感想。小说不该是如此，应该是在阅读作品的时候自然地察觉“啊，人的死法或许代表了那个人”“出生的方式或许反映了一个人的本质啊”才对。这一点还要多下点功夫。

标题也直接说出了结论。请换个名字。

• 省略戏份少的人物

（③）除了“我们”和“丈夫四十岁”的记述之外，“丈夫”的话题不多。文章以母女的交流为中心，没有提起“丈夫”的必要，可以直接省略。只要写出“我三十八岁的时候”，就大致可猜想出“丈夫”的年龄。

同样的道理，“外婆”的情形也可说是一样。“外婆”的话题出现在开头，然后到了结尾如刻意铺成好般地出现，汇整了全文。

可是，中间几乎都没有出场，关于“外婆”的具体形象也很薄弱。

不过这位“外婆”和主题有关，也不能完全删除。因此我建议可以下点别的“功夫”。至于是什么功夫，后文一并说明之。

文章到了尾声的地方出现了“大地”的话题，也全都省略吧。

不知是否因为描写“翔”用尽力气了，“大地”只有简单的说明。为了补强“人出生的方式反映了自己”这个主题，感觉像为了求万全所以提醒一样。

这样阅读的人也会后继无力，在此为了聚焦，还是只谈“翔”的话题就好。

• 不用过度说明

后头重新改写过的文章仍可在各处散见这位作者“过度说明”的写作习惯。

首先是（⑤）“之后过了七年。现在回想起那时的生产状况，简直和翔的个性如出一辙”。

这句话是想用语言说明全文的主题，所以不需要。

（⑥）“翔基本上是个好奇心旺盛、朝气蓬勃的女孩”，这句其实也没有必要特地写出来。她是“好奇心旺盛、朝气蓬勃的女孩”这件事，应具体写出内容，让读者有这样的感觉。

（⑨）“翔的独特个性到了幼儿园，让她成了‘问题儿童’”，这句是不必要的说明文。就算不像这样看门见山地说，只要继续读下去，读者就会了解“翔”在幼儿园充分展现了她的独特。

“问题儿童”这个词汇的意思不明，无法立即产生形象，应可删除。

（⑩）“得知平常和大人极为亲近的翔却和其他小朋友相处不来是在她进幼稚园就读以后的事”也属于说明文。只写到

“……相处不来”就够了，足以传达出意思。

(⑪)“‘问题儿童’——翔，一举成名是在幼儿园中班的运动会上。翔引发了一桩大事件”。此处的“问题儿童”不需要，“一举成名”的事交由读者自己来想象。写出“在中班的运动会那天，翔引发了一桩大事件”应该就绰绰有余了。

• 留意“我”的介入方式

(④)“我直觉这孩子拥有纤细的感性，就如同我小时候一样”也是多余的说明。另外，“我”小时候的话题并没有再出现，所以这句话也非必要。

(⑦)“我的想法是，学才艺只要喜欢就好”这句话中，“我的想法”是多余的。“我想学才艺只要喜欢就好”或“学才艺只要喜欢就好”这样写比较好。

读者并没有特别想要知道“我的想法”，而且“我的想法”会自然反映在文章整体，所以不必刻意强调。

比起这点，对于“我”到底是什么人，希望有更多的着墨。因为读者若能多少想象出这是发生在什么样的人身上的故事，阅读起来会更顺畅。是家庭主妇还是职业妇女？就算只提这一些事，还是尽可能在早一点的阶段交代清楚比较好。

• 对话的部分很好

这篇文章的有趣之处在于“我”和“翔”之间的互动。就像“翔”这孩子浮现出鲜明的形象，对话的部分也显得栩栩如生。

(⑧)“我忍不住笑出来。想要很多人随自己的音乐起舞，这小小的心灵居然如此宏大的浪漫梦想。不好意思是我失礼了。那就继续学吧。加油哦，妈妈我也会重新整顿好心情”这段话的节奏感很好，传神地表达出母女的关系。

• 对于结尾的建议

对于结尾，我向这位执笔的女性提议“利用事实撒点小谎”。这个小谎就是母女从幼儿园回来后，收到“外婆在当天早上过世了”的通知。

事实上听说“外婆”早在作者二十几岁时就过世了，和她三十八岁生下的“翔”之间并无任何交集。

假设外婆活到这篇文章的时间点的话，是九十六岁。这样如果还像初稿所写的一样，到死前还每天铲雪似乎有点太牵强，因此改到八十几岁。

从幼儿园回来后，收到了“外婆”的死讯。由此加入“外婆”的故事，如此一来“从出生起翔就是翔”和“亡故前祖母就是祖母”的事就会超越理性在读者的心中重叠。此时这篇文章就是“小说”了。

这位作者参考以上的建议重新改写的文章如下：

“不要再学了吧？”“不要，我要学！”

女儿是在我结婚第八年、三十八岁的时候出生的。

婚后我一边兼职打工，一心盼望着新生命的到来。就在心灰意冷快要放弃生孩子的时候，女儿于意想不到的时刻降临，与其说是她是“我们的孩子”，我真心觉得这是“上天赐予的礼物”。

希望她自由自在地翱翔。包含了这样的心意，对在肚子里一天一天长大的女儿，给她取名为“翔”。

比预产期早了二十天的平成十七年（2005年）的十二月初，阵痛似乎开始了。

本以为时间还早而悠哉游哉的我慌忙准备行李，搭出租车飞奔到医院。住了一晚，阵痛却没有加剧的现象。隔天早上院方表示“那先请回吧”，我只好出院。这种情形一共重复了两次。

你想要被生下来，还是不想呢？我问着肚子里的宝宝。

一周后，这次的阵痛好像是真的了。由于是星期天的晚上，先生一起陪我搭出租车到医院。

到了诊间，主治医师说：“快一点的话，明天早上会出生吧。不过你是生头一胎，应该会花上半天的时间，你们等一下可以去吃个晚饭，我先检查一下胎心。”

可是这时突然发生了变化。和主治医生的话大相径庭，在检查胎心的时候，一股教人几乎发不出声音的剧痛突然向我袭来。

原本正看着屏幕检查心音的助产师们急奔过来，让我坐在轮椅上，然后高速推往分娩室。

到底发生了什么事？脑子里一片空白，我就被搬上分娩台了。助产师对我说：“请用力，你要生了！”

咦？第一胎不是很花时间吗？

听说第一次生产通常从开始阵痛到分娩平均会花上十二到

十五小时。可是这个数个月前从书上看来的知识，在一瞬间被抛到九霄云外。主治医师的话“花上半天的时间”也已经没有任何意义。此刻唯有全身仿佛快要瓦解般的疼痛才是确切的现实。

助产师以严肃的表情告诉我现在是紧急状况。

“宝宝的心音变弱了，必须快点生出来才行。请加油用力！”

这话让我一时难以置信，应该不是在开玩笑。我赌上性命用力推，就算自己的身体崩坏也在所不惜。

在第二次用力后，宝宝的哭声响彻天花板。主治医生把红通通、温暖的生命放到我的腹部说：“恭喜你！”笼罩在分娩室的紧张气氛一下子缓和了下来，助产师们也纷纷露出笑容恭喜我。

生了。终于生下来了。

这颤抖着身体哭泣、两千六百五十二克的小生命，我忘情地抱在怀里。

比预产期早半个月出生的翔。从阵痛开始仅仅四小时、到医院一小时半后，只用力了两次就出生的翔。这次如特例的快速生产可以说是完美的分娩。这孩子一定是想要快点被生下来吧，我也涌现了这样的心情。

不过，几天后我听助产师说，当时翔的状态绝不是可以乐观看待的。翔虽然已经到了子宫口，却不知为何停了下来而陷入缺氧状态。

到底是想要被生下来，还是不想呢？

我猜想着。这孩子大概是想被生下来，但到了紧要关头又突然害怕了。

原本想要欢喜勇敢地呱呱落地，却临时退缩了起来。

虽然如此，翔还是希望快乐地生在这个世界上才呱呱落地的吧。翔之后的成长也很顺利，甚至仿佛急着长大似的，常让人跟着七上八下。

想要快点长大，对各种事物充满好奇心，且跃跃欲试。所以比起和其他孩子一起玩游戏，翔更喜欢和大人说话。

在连十个语汇都还不会的一岁初期，翔学会了说“○○是吧”，常笑眯眯地对着我说：“○×△◇☆是吧。”“○×△◇☆”的部分是口中喃喃发出无意义的声音，但本人似乎觉得对话成立了。也曾经在便利商店对着收银的小姐说：“○×△◇☆您说是吧？”而且还知道要用敬语，实在令人发噱。收银小姐虽然对翔回以微笑，仍用困惑的眼神向我求助：“咦……？”

想要快点和大人一样。这样的欲望当然好，对父母来说真是太可靠了。不过，翔常常任欲望过度膨胀，反而限制了自己。脑子里尽是理想的自我形象，双脚却无力支撑而冻住了。

我一定要做，可是不知道怎么做，又害怕失败。在她心浮气躁、手足无措的同时，情绪悄悄转变成生闷气。

例如学钢琴就是如此。翔从三岁的时候开始上音乐班，她很喜欢去上课，因为可以和老师说话，回到家后却完全不练习。不管怎么诱导都没有用，称赞或是责骂都行不通，自然也不会进步。

“不然，不要再学钢琴也没关系哦。”我不知说过多少次。学才艺只要喜欢就好。勉强不会进步，若反而因此讨厌音乐，那是本末倒置了。

但是翔回答说："我要学！一定要学！"

有一次，我问她："既然不喜欢练习，为什么要继续学呢？"

结果，翔高声大叫说："我要弹钢琴，让大家跳舞！"

我忍不住笑出来。想要很多人随自己的音乐起舞，这小小的心灵居然有如此宏大的浪漫梦想。不好意思是我失礼了。那就继续学吧。加油哦，妈妈我也会重新整顿好心情。

可是，翔还是不练习，稍有失误就闹别扭不弹了。幻想中的"让大家翩翩起舞的钢琴演奏家"和现实中的自己，她想要忽视当中的差距。这样的话，好好练习不就得了。练习的话，就会慢慢进步。

就算我苦口婆心地这么说，她还是不肯练琴。

"不要再学了吧？""不要，我要学！"这场针对钢琴的母女攻防战，至今仍持续上演着。

进了幼儿园后，平常和大人极为亲近的翔却和其他小朋友相处不来。

想要和大家做朋友，可是不会自己主动，因为害怕被拒绝，所以只是一旁默默看着其他小朋友玩游戏，任凭时间流逝。这时，想和大家一起玩的心情愈来愈高涨，在没人注意的时候，闷闷不乐的情绪到达了顶点。

这时，她会动手打第一个主动向她说话的乖孩子。被打的孩子哭了，周遭的人搞不清楚发生了什么事。

到底翔是想和大家一起玩，还是不想呢？

当然是想要一起玩。但是表现出来的样子常常带来反效果。

画画课的时间，翔也经常兴奋过度，迟迟不肯开始画，就算老师催促也没用。总算开始画了，过了一会儿不知是否不满意又乱涂一通，还曾粗暴地撕毁图画纸。

她是想要画还是不想呢?

翔是想要画画的。她最喜欢画画了。因为好喜欢，所以没办法随便画。

根据老师的说法——“翔想要画得像照片一样”。没错，翔想要在图画纸上满满画出像照片一样逼真、如大师名画般完美的画。

升上中班后，在运动会那天，翔引发了一桩大事件。

某个运动项目中有跳箱的环节，不过翔一直到运动会当天都没能跳过。其他的孩子经过练习逐渐学会，但固执的翔似乎陷入因为跳不过所以不练习、因为不练习所以跳不过的恶性循环中。当天仍有些孩子跳不过，所以大家都借助老师的手或利用跳板的辅助陆续完成。

可是翔不一样。明明平常都没练习，一上场却无论如何都想靠一己之力完成。

她的毅力的确惊人，一试再试好几次，就算老师伸出手想帮忙或拿出跳板仍执意不从。

老师用麦克风向观众广播：“小翔好像是想靠自己的力量努力到最后!”不知从何方传来“哦——”的感佩声。可是任谁都看得出来，不管怎么努力都还差得远。

只有时间不停流逝。场内开始出现骚动。一回神，我如祈祷般合着双手。翔的脑海中，有个以完美身段跃过跳箱的自己。这个形象如怪物般膨胀，而她无法认同现实中做不到的自己。

我懂，我懂的。不过今天就算了吧。让老师帮你跳过吧。用跳板也可以，拜托——

就在这时，骚动的规模突然扩大。翔开始打想要帮她的老师。老师一边被打仍一边试着努力开导她。翔一边哭一边打老师，好气恼，好气恼。

这天，光是幼儿园学生就有两百人以上，加上来参观的家长约有六七百人之多，全都注视着我的孩子。这次连公公婆婆也来参观，我缩得好小、好小，巴不得就这样被吸入脚下的地底里。

升上大班后，翔的性情稳定多了。没有再发生打其他小朋友的情况，对于不擅长的事也不再逃避。累积了许多失败、尝了许多苦头，那孩子依自己的步调长大了。从来不听劝的翔不管什么事都要自己亲身尝试看看，只能一边尝着苦涩的经验一边成长吧。

幼儿园毕业典礼那天，一位老师对我这么说：

“这三年来，小翔带给我们很多乐趣。少有孩子会中断运动会的进行。那孩子想做的事有很多很多，可是幼童的力量有限。所以虽然总是进退两难，将来随着她的成长一定会一个一个实现的，好期待哦。”

回想着临盆前往返于医院和家里的那段日子，我和翔一起走出待了三年的幼稚园大门，手牵着手走在最后的放学路上，天空不知从哪里飘来如庆祝的彩球绽开的淡粉红花瓣。

回到家，等着我们的是外婆骤逝的死讯。

死因是心肌梗塞。这天早上，外婆出门去离家一公里外的菩提寺为外公的月忌日扫墓，被人发现倒在墓碑前。没错，默默守着倒下的外婆的墓碑是埋葬丈夫的墓，也是自己的永眠之地。

我的外婆在冬雪深深的秋田老街过了一辈子。她性情开朗、擅交际，却讨厌麻烦别人，直到亡故那天仍神采奕奕。一直到了八十几岁，即使在寒冬下雪的早晨，每天不忘为道路铲雪，就连要爬上屋顶的除雪工作也全由她独力完成。

换下为了参加毕业典礼买的洋装穿上丧服，当天晚上我和翔搭新干线赶往秋田。

车窗外的景色和离开东京的距离成比例，逐渐变成一片平坦的大地。大概从郡山一带开始变成一片雪茫茫的景象，但此时已和夜空的蓝色融合在一起了。

“妈妈，外婆是什么样的人啊？”

每次休假回乡省亲，外婆都陪着翔玩耍，翔仍这么问。

“很欢乐、总是精神饱满的人。就和翔一样，在我小时候她常常陪我玩，抓蝉、拉雪橇啦，还有……”

“还有？”翔歪着头问。

“是个用自己的双脚走到最后的人。”

“……哦？”只应了一声，翔的视线又回到了故事书上。

第三章　深入阅读，细细品味

一

小说的读法

阅读要广泛，写作要精简

“要怎么做才能写出好小说呢?”

对于这个问题，我都会回答对方“多写作”“多阅读”和“常常思考”。

“阅读时要广开入口，但是写作时只写自己知道的事”。换句话说，就是“输入”广泛，“输出”精简。

写作的时候，是从思考“自己真的知道什么、可以写什么”开始，以自己知道的事为主轴，逐渐拓展开来。

所谓自己知道的事不只是亲身体验，包含从书本上获得的知识。若没有这样的基础，写出来的作品会显得很薄弱。愈是想要广纳，内容愈是变得平庸。

为了增加知识，阅读很有帮助。阅读能增加知识、扩展视野，也能磨炼对文章的品位。不管阅读什么书都无所谓，不过如果立志成为作家，当然得多读小说。不要偏好特定的领域，请广泛地阅读。目标纯文学的人，应该已经很熟悉纯文学的领域，所以也要特意多读通俗小说；目标通俗小说的人，反而要勉励自己多读纯文学。

很多人会自行固定了阅读的范围，提出“我对这个领域没兴趣”“我看不懂这种小说”“我讨厌这个作家”等理由。这种态度会局限自己成为作家的可能性。

“我没有这种体验，所以看不懂这本小说”“我没有内涵，所以无法理解这类的小说”这样的想法很不好。愈是觉得困难的小说，愈是应该付出努力去阅读。

不要否定超出自己理解范围的作品，要拥有承认“世界上有人和自己不一样”“也可能发生未知的事情”的宽容。如此一来，身为一位作者，自己的视野和擅长的领域会变得更宽广，就连小说以外的人生一定也会变得更丰富。

小说有四种和四次的读法

我认为小说有四种读法，就是作者的读法、自己的读法、市场的读法，以及奖项的读法。

第一种读法是“作者的读法”。作者这么写有什么样的目的呢？他想要诉说什么？一边思考这些，一边站在作者的立场来阅读。

自己的解读到底正不正确，不知道。不过阅读时一边思考“作者一定是想要表达这样的事”“这里一定是想说这样的事，但是写得不够达意，换作自己的话会怎么写”等，对于自己写小说也会是很好的学习。

第二种读法是“自己的读法”，意即“自己读了这个作品有什么感想”，这也是大家平常进行的阅读方式。评论家就是以提出“自己的读法”为职业的人。

第三种是“市场的读法”，也就是评断“这部作品应该可以卖五万本”“这本书或许会大卖三十万本”诸如此类，以会不会畅销热卖为着眼点的读法。个人的评价另当别论，而是预测该书是否符合时下的潮流，可以说是出版业从业人员最讲究的读法。

第四种“奖项的读法”即判断“这部作品能夺得芥川奖吗”“某位评审会这样解读”的读法。

对于目标成为作家的各位来说，最需具备的是“作者的读法”。对自己而言好不好看不是重点，而是站在写这本小说的作家的立场上阅读。作者为什么要写这一行？为什么要取这个书名？开场白的设定有什么意义？试着站在作者的立场仔细思考。如此一来，就能进入作品的内在，与作品对话。如果总是站在读者的立场上，作品永远都是“不关己事”，无法接近“写小说”这个过程的精髓。

有些小说的确不容易阅读。但是，这位作者选择艰深的文体有何意图呢？或者，为何一直不换行书写呢？也请以自己的想象思考看看。这样便能更接近作家一步。

我在小说写作班上收到学生提交的作品一共要读四次。首先当自己是编辑的身份，期待交上来的作品是杰作，马上看一遍。这样，第一次的阅读就可以衡量出作品的价值。

第二次阅读时，我会一边思考作者的意图，要如何才能更接近理想？需要改进什么才能变成更好的作品？这是讲评用的读法。

第三次则刻意相隔数日后在讲评前再读一次。这次会发现先前遗漏的部分。

在总评会上听大家对作品的评论是第四次的阅读。这次的解读有时会带来很大的变化。第四次的阅读可是身为小说班讲师才能品尝的醍醐味。

好小说具有“架构”和“多重面貌”

接下来我将举出五位作家，逐一解说他们的作品，以提示“也可以这样读”的实例。

解读时，我特别注重小说的“架构”和“多重面貌”。加藤典洋的《小说的未来》分析了村上春树、町田康的作品；田中弥生的《令人兴奋的女人们》中，对绵矢莉莎的作品的“架构”有精彩的剖析。加藤先生和田中小姐都是擅长于这种读法的优秀评论家。附带一提，田中小姐曾是我写作班上的学员，因获颁群像新人文学奖的评论类佳作而踏入文坛。

以下参考这两位评论家的解读，加上我以四次阅读训练出来的读法，来解析五位作家的作品。

二

作品解说 1：小川洋子《博士的爱情算式》

成为小川洋子转折点的作品

首先举出的是小川洋子的《博士的爱情算式》。

小川洋子生于 1962 年，在 1988 年获得海燕新人文学奖而成为作家。获奖后有一阵子，她并不是写像《博士的爱情算式》这样微微温暖人心的小说。新人奖的得奖作《扬羽蝶受伤时》就冷硬地描写了失智的祖母和患有精神疾病的母亲。入围芥川奖的《完美的病房》也是描述一个因病面临死亡的弟弟的故事。还有芥川奖得奖作《孕!》也绝非“恭喜怀孕了”这样的开朗故事，而是描写主人公对怀孕的姐姐怀有厌恶感和杀意，因而陷入妄想世界的故事。《学生宿舍》《砂糖时光》也一样，小川洋子是位偏好描写有点特异、欠缺、异形之物的作家。

不过《博士的爱情算式》和这些作品不同，而且从这部作品以后，她又完成了《婆罗门的埋葬》《米娜的行进》《人质朗读会》等更广受读者接纳的作品。《博士的爱情算式》就这个意义上而言，可说是成为小川洋子的转折点的小说。

这篇小说原本整篇刊载于 2003 年的《新潮》七月号，隔月就发行单行本，并且是该年初次举办的第一届“本屋大赏”得奖作。

我记得这本书的腰封上标示着“爱情小说”，虽然这本书到底算不算爱情小说是见仁见智，不过也确实可以称作“爱情小说”。此外，这本小说还有宗教小说、棒球小说两个面向，也就是说具有架构。绝不止一种读法，可以有各式各样的解读，正因为如此，才会获得许多读者的青睐吧。

“上帝的笔记本”所代表之物

首先，先说明作为宗教小说的《博士的爱情算式》。也许你会想，到底哪里算是宗教小说，不过身为数学家也是《国家的品格》的作者藤原正彦为这本书执笔的文库版解说当中，对这一点也有所提示。

小说中，作者让主人公“我”说出这样的话：“肉眼看不见的世界支撑着肉眼看得见的世界。”这个世界绝非只靠肉眼所见的东西支撑，还有肉眼看不到的东西。就某个层面而言，这算是宗教性的思考，也是小川洋子一直在描写的主题。

说到数学，一般都会认为是非常科学的、理性的、神秘的学问，和宗教简直是完全不同次元的东西。不过作者想要描写的是，在数学的遥远前方有个如宇宙般神秘的浩瀚世界。

小说里也出现了好几次“上帝的笔记本”这个字眼。

“上帝的笔记本就呈现在我们脚下。”（日文原书72页，以下同）

“每一本书都写满了数学。我实在很难相信，居然有人看得懂这种东西。难道这些书的每一页都是解开宇宙奥秘的设计图，还是抄下了上帝的笔记本？”（192页）

“我感受到上帝的笔记本之厚重，造物主的蕾丝之精巧。”（194页）

像这样，“上帝的笔记本”和数学的算式融合在一起，一共出现了好几次。在这个混沌的世界中，仍有“数学”这宛如能解开宇宙奥秘的设计图般的东西。这仿佛就是“上帝的笔记本”。

值得注意的是，小川洋子用数学表现了宗教上的情感或原理。如果直接以宗教的语言书写，恐怕会引起许多读者抗拒的反应。为了容易被接受，以数学或算式来“换句话”表达出来。

同时另一方面，直截了当地写出“一定有上帝的笔记本”也是这本小说的有趣之处。而且更令人佩服的是写道：“不知道上帝的笔记本在哪里。”新兴宗教的教主的话，大概会断言“自己拥有上帝的笔记本”之类的话，但是她说：“有上帝的笔记本，但是不知道在哪里。”

关于写作，小川洋子曾这么说——我决不是在创造或创作，我只是发现了如上帝赐予的信号而把它写下来。

小川洋子持续追求着“不是只有肉眼看得见的东西在支撑着这个世界”如此具有宗教性的主题，在这层意义上，这部作品也和她之前的作品一样，属于相同的源流。

对阪神虎队的爱

接着是作为棒球小说的《博士的爱情算式》。

小川洋子是出了名的狂热阪神队球迷。这个作品除了获得“本屋大赏”的肯定外，还拿下了“读卖文学奖”的小说类奖项。她在颁奖典礼上的致词实在令人痛快，在读卖新闻社的人面前说：“这本小说献给阪神虎队。”①

《博士的爱情算式》当中充满了对阪神虎队的爱。棒球其实也算是数学的世界，这本以数学为题的小说，精彩地融入了棒球的话题。

在小说的一个重要场面上，博士、“我”和儿子“根号”一起去看了阪神对广岛的球赛。书上描写的球赛是 1992 年 6 月 2 日在冈山县棒球场实际举行过的一场比赛。在这场比赛中，差一点就要完成完投，但最后还是被打击出去。

6 月 2 日这一天，在日本职业棒球史上也是一个令人玩味的日子。其一是一位广岛队选手在这场对阪神队的公开赛中，获得初次登板的机会。这位上场代打遭到三振的选手就是后来带领阪神虎队迈向冠军的金本知宪。另外，这一天也是铃木一朗加入太平洋联盟的日子。

对阪神队球迷而言，这本小说充斥着许多令人难以招架的要素。“江夏的完全数”背号二十八也出现了。博士是江夏的球迷。

此外，在出现很多数字的这本小说当中，“十一”这个数

---

① 读卖新闻社的球队即为巨人队，正是阪神虎队的劲敌。——译注

字是很重要的关键词。首先是1992年的9月11日。这一天是“根号”十一岁的生日，也是阪神队痛失冠军的日子。还有，十一年后的2003年，也是“根号”二十二岁那年，阪神队终于夺冠。小说应是以博士见证了此事才过世作为结局，而最后一章也是第十一章。

小川洋子为什么要这么频繁地引用十一这个数字呢？现在的年轻人或许不知道，不过十一号是第二代“阪神虎先生”——村山实的背号。小川洋子可能是意识到了这一点。

其实这本小说写到博士进入疗养院前的第十章结束也没有关系。尽管如此，作者之所以写了最后的第十一章，大概是想让博士见到十一年后阪神队获胜吧（当然，在执笔的时间点，阪神还没获胜）。由此也可以感受到小川洋子令人难以忽视的对阪神的爱。

最后的关键，是管家的“我”认为很美的伪质数341（176页）。阪神队的宿敌巨人队的永久停用的背号即长岛3、黑泽4、王1①，再除以村山实的背号11，就会出现第四代阪神虎先生挂布雅之的背号31。

理想的男女关系

最后是作为爱情小说的《博士的爱情算式》。

20世纪90年代，日本的爱情小说几乎都有一个共通的主

① 长岛茂雄、黑泽俊夫、王贞治的专属背号。——译注

题。那就是“女性不是在寻求理想的异性，而是追求理想的关系”。

从上世纪80年代后半期到90年代，由女性作家所写的小说当中，出现多数为“纯爱小说”的倾向。虽然描写男女关系，但又排除了性的要素。江国香织的《那一年，我们爱得闪闪发亮》就是女性和男同性恋者同居的故事，吉本芭娜娜的《厨房》也没有性爱的场面。对她们而言，追求理想的男女关系，却不追求理想的“异性”。就连少女漫画的领域也有一样的现象。

之所以排除性的要素，是因为性的背后，牵涉了支配或暴力等因子。所以她们才会借由排除性，探求更完美、更理想的男女关系吧。

《博士的爱情算式》也是一样。管家的“我”拥有优异的处理家务能力，所以是站在专家的立场上照顾博士的起居，和博士有肢体接触也有心灵交流，但直到最后都没有发展成性关系。

这本小说很缜密地进行“性”的排除，设下了好几个排除性的条件。

首先是“我”的立场是管家；第二，博士的年龄是六十四岁。这个年纪，差不多刚好是男性能不能建立性关系的界线；第三，博士和“我”之间，还有“我”的儿子“根号”的存在；第四，博士的个性不食人间烟火。

尽管布下这些条件，或许是觉得男女情事大意不得，作者又设定了一个如铜墙铁壁般的限制。那就是博士的记忆只有八十分钟。八十分钟是记忆的临界点，要发展成性关系恐怕有困难。

不过，这样“理想的关系”还不足以成立。对于理想的关系，除了排除性的要素，还有一个很重要的前提，是女性要觉得对方有性的吸引力。尽管有吸引力还要排除“性”，这才是重点。

小川洋子彻底排除了博士与“我”之间的性要素，但还是让博士说出“我喜欢你做料理的姿态”的话，也在各处让读者觉得“我”似乎对博士感到倾心。这也是这本小说的魅力。偏偏就在飘散出恋爱气息的时候，作者也开始缩短了博士能记忆的时间。八十分钟降到七十分，再到三十分。这样，小川洋子以自己的风格非常恋物地、彻底地创造出了美丽梦幻的“理想的关系”。

因人而异，虽然可能会有人觉得这个作品太唯美。像是书中博士收到的手表和“我”的生日构成了“友爱值”这些小插曲，硬要鸡蛋里挑骨头，也不能不说有点刻意吧。

不过阅读这个作品的当下不会有这种感觉，一切看起来很自然。这也是好小说必备的条件。

三

作品解说 2：山本周五郎《城中之霜》

以“安政大狱”史实为题材

在此我想举一本时代小说的作品为例，那就是被封为“小说之神”的山本周五郎所执笔的《城中之霜》。目前，这个作品被收录在《日日平安》这本短篇集里，所以也有文库书版本。

相较于司马辽太郎①偏爱以历史上的英雄为题材，山本周五郎的作品多是描写无名的市井小民的生活与哀愁。不过《城中之霜》是以“安政大狱”②桥本左内被斩首的史实为题材，非常鲜活地描写出当时的政治。

这篇小说的重点之一是“临死前的哭泣”。在古时候就武士道的价值观而言，这是不被允许的事。可是桥本左内在面临即将被斩首的时候，触犯了这个禁忌。就在刽子手举刀的瞬间，他要求暂停一下，向江户藩邸行礼，然后开始掩面啜泣，随后

① 司马辽太郎（1923—1996），生于大阪市，专攻历史小说，是日本大众文学巨匠，也是日本国民中最受欢迎的作家之一。著有《新选组血风录》《燃烧吧！剑》《丰臣家族》等。

② 安政五年到安政六年，江户幕府大老井伊直弼对尊王攘夷派所实行的镇压行动。——译注

刽子手重新发出号令，完成了最后的仪式。

同样出身越前国福井藩的人听到左内这样的死法，纷纷认为“藩的威信扫地”而予以责难、发出感叹，但是左内的堂妹香苗却对众人提出反驳。

她说，笑着赴死不是“真正的勇者”，左内的哭泣“不是怯懦也不是留恋人世，是了不起、真正爱惜生命的武士的眼泪”。

柔弱女子香苗的这番话，让众人的价值观瞬间彻底地改观了。这就是小说的大意。

自 1858 年持续到来年的“安政大狱”，实际上受刑者当中只有桥本左内是个异色的人物。井伊直弼决定处决左内，是因为左内是最为了解政治现实的政治家。吉田松荫等人属于比较理想主义，井伊直弼觉得他们是不了解政治现实的激进派吧。

而左内对井伊直弼而言，是一位强劲的对手，和自己一样了解“日本国未来的政治应当如何”。所以让左内活下去的话，两人主张的政策一定会针锋相对。井伊直弼对此了然于心。

左内的处刑结束后，井伊直弼听到捏造的报告“坦然赴死，从容吟咏一首辞世诗，露出沉静的微笑，视死如归”大为不快。左内不是那种笑着赴死的浪漫主义者。他认为左内和自己属于同质、深知政治现实的人。

掌握小说关键的辞世诗

解读这部小说的一大关键是桥本左内吟咏的辞世诗。

苦冤难洗恨难禁，俯则悲伤仰则吟。

昨夜城中霜始陨，谁知松柏后凋心。

这正是左内留给后世的诗。

苦冤意指不白之冤，被冤枉的恨难以消弭，忍不住低头悲伤，抬头则不禁咏叹，昨夜城中即江户降下初雪。最后，“松柏后凋”的心情谁能知呢？

“松柏后凋”这个词源自《论语》的“岁寒，然后知松柏之后凋也”。意思是，如同冬天来临后松柏会落叶一样，人真正的价值唯有在面临危机时才能彰显出来。林立的枯木中，青绿的松柏挺立着，如乱世中人仍不屈不挠的姿态。

实行“安政大狱”刚好是国难的时期，日本正陷入抉择该开国还是攘夷的混乱中。身处其中的左内不愿屈从，希望为国政尽心力。今后如严冬般的时代将会来临吧。尽管如此，还是想要秉持自我来面对——左内一定感慨万千吧。

不只感慨万千，“恨难禁”这句话当中也有左内的理由。江户幕阁每个革新派官僚其实都知道左内是非常优秀的人物，而且福泽谕吉也和左内在同一所洋校学习，是志同道合的伙伴。但为什么没有对他伸出援手呢？这让左内灰心不已。

至于这些人为什么没有营救左内，有好几个说法。一说是因为他们打算搭乘咸临丸去美国，要是这时反抗就不能去了，因为想去美国、想要亲眼见识美国，才袖手旁观。

那么，这本小说最大的重点——左内哭泣的原因是什么？

思考这一点时，我想起吉本隆明[①]于昭和二十八年（1953年）的著作《为了转位的十篇》当中有一首名为《对小众的致意》的长诗。以下引用了这首诗最后的部分，在全共斗运动[②]的时期广受年轻人传唱：

我的孤独几乎可以承受极限
我的肉体几乎可以承受严苛
我倒下则一个直接性也跟着倒下
抗拒互倚的反抗倒下

桥本左内流泪的理由，我想就是这个吧。因自己被处刑的话，代表一种直接性即一个思想、一个志向——即将倒下，而对此感到惋惜不已。

左内的辞世诗出现在小说的中段部分。这一点不禁让人赞叹山本周五郎的文字精湛。因为一般的想法都会留在最后吧？作者把这首诗放在小说的中段，是为了让读者思考左内为何哭泣，左内的“松柏后凋之心”到底是什么？

受到无名小卒的支持

桥本左内身处寒冬的时代，仍一心想要贯彻“正义”，到底

① 吉本隆明（1924—2012），日本战后的思想家、诗人，小说家吉本芭娜娜之父。——译注

② 全学共斗会议的略称，1968年至1969年间，由各校大学生所组成的学生团体，原为东京大学、日本大学学生对校方不满进行抗争，引发全国性的学运，后因手段愈趋激烈而逐渐不再受社会支持。——译注

是什么支持着他呢？我想是他的堂妹香苗。一个无名、没有身份地位的女子，支持左内去做自己认为对的事和坚持正义的心。

最后一幕，香苗哽咽地念着左内的辞世诗：

"……昨夜，城中，霜始陨。……昨夜城中霜始陨……"

活得坦荡的左内生在这个时代真的很懊恼吧。香苗的悲痛也传达出对左内的淡淡爱恋。

无名无力的弱者支持着主人公的正义之心——可以说是日本小说一贯的主题。

夏目漱石的《少爷》也有同样的主题。少爷也是一个老是主张"自己是对的"的人，因此才有这个故事。

少爷刚到松山的中学任教时，对名叫"红衬衫"的人相当反感。但是之后，因"红衬衫"和"马屁精"待己亲切而被笼络，一度背离了"暴风"和"半熟瓜"。

"红衬衫"和"马屁精"，他们在某个意味上代表了"近代""东京"，把人组织起来予以利用或基于权谋指使。就身为人而言，未必正确，却在政治上、现实上占了上风。

另一方的"暴风"和"半熟瓜"代表"江户"，或者也可以视作"会津"①。虽然他们正确却输了。

少爷对正确的一方为何输了感到愤恨不平。少爷属于"江户"一派，所以最后对"红衬衫"一方采取惩罚的行动。小说最终还是希望正义的一方获胜。

还有个不断说少爷"正确"的人，就是一直对少爷无条件

---

① "暴风"的出生地，位于现今的福岛县，择善固执为其地居民特性。——译注

付出爱心的阿清。阿清也是一位无名、无权势的老人家。

拥有权力者如水户黄门[①]一样亮出金牌，惩罚坏人，也是一种正义吧。不过，“正义”能不陷于这种法西斯式的正义，而一直深得人心，就是因为受到力量最微小的人们的支持。

日本人喜欢劝善惩恶的故事，但并非单纯由强者获胜这种法西斯式的劝善惩恶，而是喜欢如《少爷》《城中之霜》由无名小卒支持的正义，并且到最后由正义的一方获得胜利时就会觉得感动。这些作品能持续受人阅读至今，也是因为这个缘故。

《城中之霜》完成于昭和十五年（1940年）。那时日本标榜天皇制的意识形态，正是走向战争的时期，出现许多提倡“绝对天皇制”的人。我猜想山本周五郎在这样的时刻写下这篇作品是为了当作一种反战小说。他是唯一拒绝接受直木奖的作家。理由之一据说是因为菊池宽曾协助战争[②]。

《城中之霜》在文库本当中是只有二十七页的短篇小说，但具有值得一读再读的深度。

请把《城中之霜》读个两三次吧。相信每读一次，左内流泪的理由都会直捣人心。

---

① 水户黄门（1628—1701），水户藩第二任藩主德川光国，曾任黄门官，因此流传着以他为主角的民间故事，亦曾被拍成电视剧。——译注

② 直木奖的主办单位为文艺春秋社，作家菊池宽也是文艺春秋社的创办人。——译注

四

作品解说 3：村上春树《海边的卡夫卡》

村上春树为何独占鳌头？

接下来再举村上春树为例。

我认为在现代的作家当中，村上春树是一位非常了解小说为何物的作家。希望今后有更多水平像他的作家出现，已经有颇长的一段时间，都是由他一人独占鳌头。

众所周知，村上春树的作品被翻译成多种外语，受到世界各国的读者喜爱。他的作品能超越国界受到支持是因为架构扎实。这样的小说就算经过翻译，还是能打动人心。

例如村上春树作品之一的《海边的卡夫卡》。这部小说分成奇数章和偶数章，奇数章是卡夫卡少年的故事，偶数章是一位中田老人的故事。

主人公“我”即少年田村卡夫卡在十五岁生日那天离家出走到四国。小时候，妈妈和姐姐抛下自己不知去向，还被爸爸说了如俄狄浦斯王诅咒般的话。因为被母亲抛弃、受到父亲伤害的阴影让少年卡夫卡没有感情。奇数章的部分像是在隐喻神户儿童连环杀伤事件的少年 A①。

① 1997 年在兵库县神户市须磨区，一位十四岁初中生犯下连环杀人事件，造成两人死亡，三人轻重伤，又称“酒鬼蔷薇圣斗事件”。——译注

少年卡夫卡为了修复坏掉的自己而远行。再这样下去可能会走向犯罪的少年为了找回感情、找回身为人的自己而出门旅行。

另一方面，中田老人是个不会写字的智能障碍者。起因于童年时的一起事件造成的后遗症，现在靠着津贴过活。

会说猫话的奇异老人一边寻找着某只猫，一边过生活。寻找的途中偶遇一位叫作“约翰走路”的奇妙男子。男子向中田老人提出难题“如果你不杀了我，我就杀了那只猫”，于是老人只好杀了他。

同时并行的两个故事

之后中田老人不知受了什么的吸引前往四国。因为寻找“入口的石头”像是他的使命。受到指示要“关闭入口”，如果不去把它关起来，好像会发生什么惊人的大事。

在前往四国的半路上，中田老人遇见了一位名叫星野的青年，于是两人一起寻找。终于找到了“入口的石头”，在某个图书馆遇到一位佐伯小姐后，中田老人过世了。

就在青年星野走投无路之际，猫说有邪恶之物想要闯入“入口的石头”，必须赶快阻止才行。后来老人的尸体出现了邪恶之物。青年星野与之搏斗，最后关闭了“入口的石头”，“处理掉”邪恶之物。

另一方面，少年卡夫卡因为许多缘由开始住在某个图书馆，也就是中田老人他们造访的四国的图书馆，少年卡夫卡也在这里遇见了佐伯小姐，怀疑她也许就是抛弃自己的母亲。

某天，少年被带往“入口中的世界”，最后在“入口的石头”关闭前逃出而决定返家。少年卡夫卡最后超脱原罪，恢复了人性。疑似抛弃自己的母亲的佐伯小姐虽然去世了，但少年发现原来“抛弃的人也是被抛弃的人”，终于可以和母亲及这个世界和解。不只有自己是受害者，她其实也是受害者。

同时并行的两个故事最后就这样在甲村（田村 + 中田）图书馆汇流合一。

先前提到少年卡夫卡的原型是少年 A。

而偶数章的中田老人的故事，我认为则与“911”有关。小说中的现在时间也和美国境内发生恐怖袭击“911”事件的 2001 年一样。而且这部作品在日本的发行日期是 2002 年 9 月 12日。

那么，村上春树笔下的中田老人是以谁为原型呢？

说到 2001 年大为活跃的中田，那非足球明星“世界的中田”莫属。不过村上春树并不是直接描写中田英寿。此处的表现手法很有村上春树的风格，其他可以从“世界的”联想到的人物还有“世界的大江”，中田老人是大江健三郎吧。

从小说当中可以推测出中田老人生于昭和十年（1935 年）。大江健三郎就出生在这一年。中田老人无法阅读写字，但会说猫话。这一点也和大江健三郎的公子光先生，从小就能正确地听鸟鸣分辨鸟类不谋而合。

阻止“911”事件

大江健三郎是提倡战后民主主义的代表作家，经常以作家身份发表言论。然而，他无法阻止世界上发生“911”事件。小说里，中田老人把认为是自己使命的关闭“入口的石头”托付给青年星野来实现，就是这个故事暗藏的讯息。

在小说里，村上春树阻止了那场“911”，而阻止的人物是青年星野。出身自卫队的青年星野在四国接触了古典音乐，阅读了各式各样的书籍，有惊人的成长。

若问这位青年星野是在比喻谁，从青年的年纪思考的话或许有点突兀，但我深深觉得是铃木一朗。

村上春树出身神户，铃木一朗隶属欧力士球队时曾待在神户。而就在发生阪神大地震的时候，欧力士球队和铃木一朗不知为神户的人们带来多少鼓舞，我想村上春树很清楚。

铃木一朗刚到美国发展时，很多人认为他“无法像在日本一样吃得开”。可是铃木一朗现在已是全美公认的大明星了。他的身影和封印“邪恶之物”的青年星野不谋而合。

《海边的卡夫卡》是由四十九章构成的小说，此外还有两章附有花边装饰的章节，描述少年卡夫卡与“叫作乌鸦的少年”之间的对话。四十九章不是个漂亮的数字，如果再加两章，就变成五十一章。说到“51”这个数字，正是铃木一朗在欧力士球队和西雅图水手队的背号。此处也暗示了铃木一朗的存在。

实际上村上春树是否真的意识到了这一点，不得而知。不过，当我发现的时候，真是喜出望外。

好小说就像人一样，除了正面的姿态，还有侧面及背影。背影的读法常常连作者本身都没发现。这样的读法也是阅读的一大乐趣。

村上春树拥有广大热情的书迷，同时也有人认为他的作品艰涩难懂、难以理解，呈现出两极化的状况。

不过，事实上村上春树的小说很容易理解，只是描写了多层次的世界，也用了很多隐喻手法，有人觉得太刻意而不喜欢吧。

但是，若能从他的作品读出他对时代和社会传送出非常强烈的讯息，内心就会深深被打动。

五

作品解说 4：绵矢莉莎《欠蹣的背影》《亲爱的闺蜜》

高中女生小初的孤寂

接着是绵矢莉莎的小说。十九岁的她于 2004 年、尚在大学就读的时候以《欠蹣的背影》夺下芥川奖，成为史上最年轻的得奖者而喧腾一时，想必大家也都还记忆犹新吧？

我想举《欠蹣的背影》和她在 2012 年获得大江健三郎奖的《亲爱的闺蜜》为例。

《欠蹣的背影》以这样的句子开场：

“孤寂发出鸣叫声，有如高亢清澈的铃声，刺痛了耳膜，让我的心纠结起来。于是，我用手指将讲义撕成长条状。”

“我”是主人公小初，全名叫长谷川初实的女高中生。她不管在班上还是田径社都遭到孤立，之后和另一位同样有点怪的男生“蜷川”开始有了交流。

乍看之下这是一部青春小说，但我认为这个作品其实真正想描写的，是开场白中也有提到的小初的“孤寂”。说到她对什么感到孤寂，那就是绢代的背叛。绢代和她是初中时经常一起玩乐的朋友，升上高中后虽然也同班，但绢代不再和初实一起玩，总是和看似欢乐、有男有女的小团体一起行动。虽然绢代还是会像平常一样和初实说话，不过现在的朋友圈比较重要。对初实来说，那是“孤寂”的本质，这部小说就是描述初实和绢代的背叛故事。

那么，蜷川又是什么人物呢？他和初实被视为同类，或说就像是过去的初实。初实想踹蜷川，其中原因之一也许是觉得仿佛看到过去的自己而感到痛恨。

与《金色夜叉》的意外关系

书中角色的名字其实很重要，因为往往和小说的架构有关联。

关于《欠踹的背影》中的人物，我是这样解读的。

长谷川初实与绢代。从这两人的名字可以联想到日本电影史上星光闪闪的大明星长谷川一夫（又名林长二郎）和田中绢代。自昭和初期到“二战”后，这两位大明星可说是当时大屏幕的著名搭档，他们首次合作的电影是《金色夜叉》。

一般认为《金色夜叉》是描述阿宫因为收到富山送的钻石而抛弃贯一的故事，但其实不是那么单纯的故事。

以先前《少爷》的“江户”“东京”来比喻，富山象征活在近代的“东京”，贯一是依然故我的“江户”。而对阿宫有较高社会评价的不是贯一，而是富山。阿宫受富山吸引是因为第一次有人愿意肯定自己，并不是因为收到钻石而见猎心喜。但是贯一认为自己被阿宫背叛了，之后朝向“金色夜叉”的道路迈进。

比起不愿改变古老价值观的贯一，阿宫选择了解自己价值观的富山。

贯一（长谷川一夫饰）就像对初中时期念念不忘的长谷川初实。

富山如同绢代在高中认识的新朋友。

阿宫（田中绢代饰）像是在两方之间摆荡的绢代。

如此置换，《金色夜叉》与《欠踹的背影》的架构有部分恰好重叠了。

你大概会想，1984 年生的绵矢莉莎不可能知道长谷川一夫和田中绢代吧。虽然我并没有向本人求证过，但有做此推测的根据。绵矢莉莎喜欢的作家之一是田边圣子。田边圣子对这个话题相当清楚，也曾写过相关的散文，所以推断绵矢莉莎读过的可能性很高。

初实苦涩的夏日回忆

书中另一个角色几乎是初实的同类——蜷川。不过他比初实更幼稚，是模特儿奥里（Oli）的忠实粉丝，具有天真无邪的特质。

初实对他说，自己曾在初一的暑假偶然在无印良品遇到了奥里，蜷川突然兴致勃勃地开始接近初实，还说“现在可以见到曾经见过她的人，让我觉得我跟奥里是命中注定的缘分”。（日文原书 39 页，以下同）

对此，下文是“若要这么说，那么，亲眼见过奥里的我，跟奥里之间的命定缘分，应该强过从我这里得到二手消息的他吧？在兴奋地说个不停的蜷川身边，我回想起见到奥里那天的事。她让我想起了初中时候的我，比任何记忆都鲜明”。之后，初实开始回想起遇见奥里的那年初一的暑假。

那天，初实一如往常为了拿试吃的爆米花当早餐，来到当地的无印良品。在空荡荡的店里，一对男女看到初实一个接一个地连吃爆米花而发笑。他们就是为了拍摄工作而来到这个城镇的模特儿奥里和男摄影师。

奥里一开始时对初实说：“你的脚不错呢，好像跑得很快。肌肉很结实，真好，改天我也把腿塑成这样！”（45 页）。初实受长相如外国人的美女称赞，还被男摄影师拍了脚的照片，觉得自己似乎受到了肯定。

男子拿起试吃区的爆米花开始喂奥里吃。两人笑闹着。初实心想好似“煽情的光景”，但又觉得“在这节骨眼，若能不难为情地低下头去，说不定可以成为他们的伙伴”。

于是男子转而也想喂初实吃爆米花，初实虽然有点困惑，仍勉强地模仿奥里试着以门牙接住爆米花。

初实自满于“我这个人也颇能跟着人家起哄，尽管是被气氛煽动去做这种事”（46 页），但就在下一个瞬间，两人突然扫兴了。不知是因为初实的牙齿碰到了男子的手指，还是初实“表情太过紧绷，不像在嬉闹起哄”（47 页）。不管如何，两人因此“换上非常认真的酒醒后似的表情，走出了无印良品店”。

绢代离去的原因

这个场面当中值得注意的是，奥里称赞初实时说“好像跑得很快”这句话。对奥里而言，只要“好像跑得很快”就有价值，就算实际上跑不快也没关系。

当今的消费社会中，比起实质的价值，周遭或社会上怎么看待、怎么评价就能决定该物的价值，似乎有这样的倾向。对于从事模特儿工作宛如走在消费社会最前端的奥里来说，初实跑得快不快并不重要，只要“好像跑得很快”就够了。

当时“比现在更不拘泥世俗的眼光，强悍得不得了”的初实，单纯地感到开心，而表现出没有掩饰的自我。用门牙接住男子手上的爆米花“跟着人家起哄，尽管是被气氛煽动去做这种事”。可是就在这时，两人突然觉得扫兴了。

在回想当时的场面之后，接着是初实在田径社练习“不拘形式全力跑步”的场景。

“我这双被说过‘好像跑得很快’其实中看不中用的腿，最厉害的就是做卑鄙的小动作。例如，出乎大家预料，突然改变跑步的步调；或跑出第二天早上肌肉会痛到不能动弹的最后冲刺；或在转弯时假装不小心撞倒跑在旁边的人，总之，我这双勇猛的腿，为了赢得胜利，什么事都做得出来”(50 页)。

初实如此奋力跑步到底所为何来呢?

是因为她无法顺利地变成大人。

变成大人，在某种意义上就是开始意识到“该如何在社会中定义自己的价值”。因此，女性会开始轻声细语地说话、尝试流行的打扮，一边配合着周遭逐渐长大成人。可是初实做不到，坚持维持实质，仍是个直来直往的孩子。所以不管在班上或田径社，都显得格格不入，绢代也离她而去。

绢代恐怕也知道初实觉得自己被背叛了，所以总是有点怕初实，才会轻率地跟她打趣说：“不如和蜷川做朋友吧?”

在消费社会的符号中，开始尝试以大人的身份而活的绢代和紧抓着实质面、不愿理睬符号的初实。

如果这本小说只单纯描写初实与绢代的二元对立，就不会那么有看头。《欠踹的背影》之所以能抓住众多读者的心，我想是因为初实的心情在两种符号间纠葛难分。

无法顺利地适应大人的社会，也不想适应。可是也不完全认为自己应该一直这样下去，所以烦恼。这种挣扎的感觉相信一定引起许多人的共鸣。大概现在众多平凡过着社会生活的人的内心多少都有个“初实”，或曾经有过吧。

蜷川几乎是初实的同类，现在仍和初实一样处于初一的阶段，对消费社会的符号一点也不在意，却又对堪称消费社会最显著的象征——名模奥里向往不已，是个非常讽刺的设定。最具代表性的是“奥里的拿手好戏是把‘荷包蛋吃得干干净净’”这句话。荷包蛋存在的目的不是为了吃得干净，但蜷川单纯地觉得能把荷包蛋吃得干干净净的奥里很迷人。

这应该就是初实想踹蜷川的原因吧。对于抱持纠葛和焦虑的自己，蜷川丝毫不难为情地显露出和过去的自己一模一样的姿态，才会让初实感到厌恶不已。

活在消费社会的年轻人

我认为初实的矛盾是绵矢莉莎这位作家一直抱持的疑问。

荣获大江健三郎奖的《亲爱的闺蜜》也是在描写活在消费社会与资本主义符号中的年轻人，乍看之下是一部描写女性的日常与恋爱的小说，但根本上具有和《欠踹的背影》一样的主题。

主角是一位百货公司的专柜小姐，二十八岁的树理惠(Jurie)。这本小说在描述她的恋情时以悲剧收场。树理惠这个名字也在暗示着悲剧的女主角茱莉叶吧。

她的男朋友隆大是从美国加州回来的归国子女，在美国工作了四年左右后回国，现在在东京上班。

他有一位在美国认识、交往七年的前女友晓代。隆大表示想回日本的时候，晓代抛弃了一切跟来。可是回来后，隆大不知为何不再喜欢晓代，于是两人分手了。

但那之后两人因为“感觉对方像亲人”，有时还是会互相联络。就算隆大有了树理惠这个女朋友，这种情形仍继续着，后来晓代开始搬进隆大的公寓。

根据隆大的说法，这么做是为了“帮助”晓代。晓代在日本一直找不到工作，积欠房租而被赶了出来。隆大强调自己和晓代不是恋爱关系而是“友情”，以“我在美国的时候，就常常让一些普通朋友留宿我家了，我想维持这样的习惯，只要朋友有困难，我就要尽我所能帮助人家”（44 页）的说法来说服树理惠，甚至说要是不肯谅解的话就分手吧。

对于这种状况，树理惠尽管内心觉得难以忍受，仍告诉自己“晓代只有隆大能依靠，很可怜”，还认为这时如果说出“你们两人不要住在一起”的话，那自己宛如电影《萤火虫之墓》里的坏心阿姨。两个年幼的兄妹明明只能依靠她，仍刻薄地对待他们，绝不要变得像那个阿姨一样。我必须理解美国文化，对他们两人的关系表示宽容。树理惠想了很多，努力当个“明理的情人”。

后来，隆大和晓代藕断丝连地继续着同居关系，树理惠终于忍无可忍。最后一幕，她一再大肆破坏，像操着大阪腔的阿伯一样，没完没了地大骂两人。

受符号摆布的危险世代

树理惠不管出现在这部作品的哪个场面，都活在某种符号里，以符号行动。

其中之一是在百货公司的专柜贩卖名牌服饰的“我”此一符号。百货公司是个华丽的世界。树理惠喜欢在充满时尚感、宛如商品型录般的空间里工作，晚上却是回到狭小的出租套房里。每天早上在房间化好妆，穿上以员工价买来的名牌服饰出门上班，其实有种说不上来的悲哀。

此时的树理惠身上还有“隆大的女朋友”这个符号。为了当隆大的女朋友，而扮演一个讲理宽大的情人角色。但这不是真实的树理惠，是她强迫自己穿戴上的符号，当然也有极限。所以当晓代和隆大的亲近程度超过忍耐的界线，她突然抓狂。

“啊啊，真是愚蠢到家了。我为了讨好隆大，不去逼迫他，反过头来强迫自己改变，结果就在我的忍耐快要到达极限的时候，这个女人却在我男朋友的房间里晾内裤！”（128页）

抓狂的树理惠以如阿伯说话时的大阪腔痛骂了他们一顿。

树理惠因为出身关西，这个场面可能让人以为她显露出本性，其实不然。

这也不是真正的树理惠，只不过是“大阪腔的阿伯”这个符号罢了。如“出人意料的是，我嘴里连珠炮似的迸出的大阪腔，竟然不是我以前住在老家时惯用的腔调，而是吉本新喜剧里饰演流氓角色的男性所使用的大阪腔，我从不知道自己体内竟然配备这样的用字遣词”（131 页）、“冷眼旁观整起事件的我、因愤怒发狂的我；两个我愈行愈远，我无法控制这样的疏离与撕裂”（132页）。

树理惠相当坚持希望自己不要变得像野阪昭如原著的动画电影《萤火虫之墓》中的残酷阿姨一样。这也是一种受符号摆布的想法吧。因为是动画片，那个阿姨被塑造成非常简单明了的形象，但在现实世界里没有只有坏心眼和只有仁慈的人。血肉之躯的人类不管是谁都同时拥有坏心眼与仁慈的两个侧面。

如之前解说《欠踹的背影》时提及，现代的消费社会不在乎实体或实质，只要表面光鲜亮丽就够了。表面看起来体面，就算是虚构的也无所谓。社会全体的动向如此，甚至可以说世界也强迫个人接受这样的价值观。

活在其中就会迷失自我，除了扮演身为符号的自己之外，变得不知道怎么在社会上立足，尤其是从出生时就开始呼吸这样的社会空气的年轻一代。就像“酒鬼蔷薇圣斗事件”所象征的，他们的肉体感觉或个体的自我意识非常薄弱。

如此，绵矢莉莎的小说即使改变了题材，根本的主题并没有什么不同。她在描写着日常世界的同时，也确实掌握了现在这个时代和社会的问题，并对自己所属世代的问题加以分析。她的小说具有扎实的架构，而且充满了幽默感，所以读起来趣味盎然。

六

作品解说 5：町田康《阿楠与大黑》

滑稽的正统派文学

最后一例是町田康的处女作《阿楠与大黑》。这个作品刊载于 1996 年的《文学界》七月号。

《阿楠与大黑》常被定义为前朋克摇滚乐手所写的幽默异色小说，但绝非如此而已。如三浦雅士在文库版上所写的解说一样，这篇小说充满了“独白文学”的魅力。

小说当中，有“独白文学”这一个类别。这篇小说也和太宰治或夏目漱石同样属于“独白文学”的范畴，毫无疑问是正统派的文学。

主人公是个名叫楠木正行的男子。楠木在三年前辞去了工作，成天待在家中酗酒，游手好闲。太太终于受不了而离家出走。楠木此时一回神发现自己身无分文，身边只剩下一尊金属制的大黑神①的摆饰。太太离家的隔天早上，楠木照了照镜子，发现自己的脸因“酒气浮肿”变得像大黑神一样。

这尊大黑神的摆饰实在令他不快到了极点。想让它坐好却

① 又称大黑天，日本民间信仰的七福神之一，为掌管食物和财富的神。——译注

难以平衡，总是倒下来；索性让它随意横躺着，却露出一脸傻笑，让人忍不住开口骂："你到底有没有劲啊！"

楠木认为太太之所以离去是因为有这尊大黑神的关系，所以出门想把它丢了，却又没有办法舍弃，丢了好几次又拿回来好几次。于是，楠木去见了一位比自己年轻的朋友菊池，两人开始一起在二手服装店打工。不过这家店里有奇特的大婶店员和奇妙的客人"小可爱"，两人经常被她们耍得团团转。

为钱所苦的两人又接了一位名叫上田的艺术家策划独立拍片的采访工作。上田也是一个怪人，两人又被卷进他所引起的争端中。最后，菊池建议"你叫楠木，那就取名'阿楠'吧"，楠木决定成为"卖豆子的"，小说到此结束。

楠木游手好闲的下场是老婆离家出走。一般而言，这时应该是去把老婆找回来吧。可是楠木出门却是为了丢弃大黑神。

寻找失去之物的代偿

在此稍微介绍一下"故事论"。

俄罗斯的民俗学家弗拉基米尔·普罗普搜集了自古流传的故事，在1928年发表了著作《故事形态学》(北冈诚司、福田美智译，白马书房)。他把搜集到的故事分类成"三十一种功能"。所谓"功能"，是就"对于故事情节的发展有何意义"的观点来看角色人物的行为。

例如"三十一种功能"中包含"封闭""禁止""加害或欠缺""主人公的出发""难题的实行"等项目，普罗普把所有的故事都划分到其中一个类别。现代的书籍《影视编剧基础》（尼尔·D. 克思著，滨口幸一译，电影艺术出版社）也实行这个分类。

还有更简易的分类法。故事可分成两种形式，一是受到什么灾祸的被害者或受虐者最后获得幸福的故事；再者是主角去追求缺少的东西，最后终于发现的故事。也就是说，主角不是“被害者”就是“探求者”。

但《阿楠与大黑》无法套用这个故事分类法。如果楠木出门去寻找太太，那就是“探求者”的故事，不过楠木采取的行动不是这样。一反“探求者”的常态，他为了寻找失去的东西，而要“舍弃”大黑神。

那么，楠木想要舍弃的大黑神代表了什么？町田康究竟把什么东西“置换”成大黑神了呢？

不舍弃就无法前进的世代

町田康属于出生于 1962 年的高度经济成长期、然后在泡沫经济期度过了青春岁月的一代。这个世代的特征是，从懂事以来就已经“拥有一切”。至少在物质层面从小就被满足，就算自己不主动要求，身边已充斥着物资。

这样的童年时期到底幸不幸福，就某个意义而言，反而很不幸。人类虽然的确会因为“不足”而苦恼，但“过剩”也绝非好事。人正因为有什么不足，才会努力想办法去获得而逐渐成长。

那到底该怎么做才好呢？就是舍弃“过剩的某物”。只能透过舍弃来获得“真正想要的东西”。

《阿楠与大黑》中的楠木想要丢弃大黑神。丢了之后又捡了回来，捡回来后丢弃，重复了好几次。想要丢弃大黑神的原因，不只是因为它令人不悦的风貌。大黑神对楠木而言，是“过剩的某物”的隐喻。

到底是什么的隐喻？我认为这个大黑神是战后父权的象征，在另一层面上也可说是男子性器的象征。二手服饰店的大婶们之所以嫌弃它，也是基于这个原因。

大黑神在日本也是大国主命①，原为战神大黑天，相传是印度掌管破坏和创造的湿婆神在日本的化身。不过书中这个大黑神的摆饰非常有趣的是，往后倒之后一定会偏右边。这也可以说是在暗示右翼。

对于小说的后半部出现的怪异男子上田，楠木说“他也是大黑神的同伙”。的确，上田这号人物拥有过剩的阳刚，并且利用这一点欺骗向他献殷勤的大婶们。但是楠木不想利用大黑神而活，想要丢了它。在老婆离自己而去的当下，如果不丢了它，心情上无法跨出下一步。

写下这个的町田康可能也想要丢弃大黑神吧。对他而言，在某个意义上大黑神或许代表了朋克摇滚时期的表演方式。《阿楠与大黑》是他以作家身份发表的处女作。若不丢弃过去支持自己的某种阳刚、好斗的东西，无法以作家的身份重新出发。

① 日本神话中的神明，代表性的土地神之一，出云大社的祭神。——译注

他大概是以这样的心情写下这篇处女作吧。

角色的名字所隐含的意义

另一个值得注意的重点是小说人物的名字。

主人公名叫楠木正行。朋友叫作菊池元吉。

“楠木正行”在日本的历史上是一个真实存在的人物的名字。南北朝时代，帮助南朝天皇的楠木正成的嫡长子就叫楠木正行。我想町田康描写主人公楠木正行正是意识到了他的父亲是楠木正成。

楠木正成擅长谋略，甚至被称为“有力的反派”，是一位相当厉害的武将，同时也是信仰大黑神的信徒。虽然明知最后会吃败仗，仍奉天皇之命在凑川战死。为天皇舍命的楠木正成在“二战”前被视为“忠臣的典范”，军人都会到祭祀他的凑川神社参拜。

至于身为朋友的菊池元吉应是出自背叛楠木正成的新田义贞麾下的一位武将——菊池武吉。菊池武吉虽然属于敌方阵营却崇拜楠木，最后甚至为他殉死。因此，他也和正成一样被供奉在凑川神社里。而《阿楠与大黑》中的元吉直到最后都没对楠木见死不救，被塑造成一路相伴的好友。

处女作是宣示的场地

在小说的最后，楠木决定成为“卖豆子的”。“卖豆子的”

当然是某物的置换，我从上述的思路推测应该是“小说家”。

最终章的开头，有这么一句话“然后，我想成为小说家，可是到底要怎么做才能当上小说家呢?”到了最后一句是“‘吾乃小说家，我是小说家哦’”。

在他决定当小说家的前与后，非常有趣的是，也以小说本身的内容来表现。

决定前是以小说开头使用的内容书写：

“枕头周遭总是摆满生活用品，一应俱全，收音机、台灯、茶杯、筷子、碗、烟灰缸、四角裤、吃完的杯面……（中略）……等等散乱各处，这些莫名其妙的东西当中还有一尊高约五寸、金属做的大黑神，我以前就看不顺眼这个大黑神，不，这种家伙不用加个‘神’，叫他大黑就够了，都是大黑害的。”(日文原书 12 页，以下同)

接着在他做出决定后，在小说的结尾处这么写着：

“阳光照进客厅，和室中央有一张矮桌，矮桌上放着茶壶、茶杯、相机、烟灰缸、报纸，还有盆栽、藤编置物柜、猫的素描画、织锦画、天使的画像等以及鲜明的光与影。这些看惯的物品仿佛完全失去了实用性，只是空虚地杵在那里。我自己也非常慎重地站到皮草的垫子上，放声大叫。”(88页)

两者都在描写楠木房间里的物品，但后者是以小说家的眼光所写成的。为了宣示自己将来要如何写小说，町田康非常刻意地写了这篇小说。

作家的处女作通常也是在向大众宣示“我将来要写这样的小说哦”。而《阿楠与大黑》就是宣示非常明确的作品。

七

参考文献

在此介绍一些本书主要的参考书目，相信也会成为帮助各位写小说的参考指南。

• 山田咏美

《对谈集　内在的非虚构》（文春文库）

• 高桥源一郎

《这么了解文学好吗？》（福武文库）

《给一亿三千万人的小说教室》（岩波新书）

• 森敦

《意义的变容》（筑摩文库）

• 大江健三郎

《为了新文学》（岩波新书）

《我这个小说家的作法》（新潮文库）

• 市川真人

《芥川奖为何不颁给村上春树？》（幻冬舍新书）

• 前田垒

《小说的设计图》（青土社）

• 平冈笃赖

《符号的冰雨》（太田出版）

《〈最终讲义〉知的喜悦　阅读的乐趣　写作的快乐》（《早稻田文学》2000 年五月号）

• 八木义德

《文章教室》（作品社）

• 荒川洋治

《诗与语言》（岩波现代文库）

• 渡部直己、绀秀实

《即使如此还想当作家的指南书》（太田出版）

• 村上春树

《当我谈跑步时，我谈些什么》（文春文库）

• 吉本芭娜娜

《芭娜娜的芭娜娜》（METALOGUE）

• 吉本隆明

《媒体形象论》（讲谈社文艺文库）

《定本　何谓语言之美》（角川 Sophia 文库）

• 莲实重彦

《离小说远一点》（河出文库）

• 柄古行人

《日本近代文学的起源　原本》（讲谈社文艺文库）

• 加藤典洋

《小说的未来》（朝日新闻社）

• 田中弥生

《令人兴奋的女人们》（讲谈社）

• 沼野充义

《从世界文学到世界文学》（作品社）

作为后记　人为何要写小说？

写小说的魅力

愈写愈有意思

我的小说写作班上，不分男女老幼，形形色色的人前来上课，有想要写小说的人、想成为小说家的人。有人认为一生写一本就好，有人怀有非写不可的主题，或是想要靠写作维生等，想写小说的理由各不相同，来历和职业也都相差甚远。但他们对写小说的热情并没有什么差别。

人为什么想要写小说呢？

还有，为什么我要对众人传达写小说的魅力呢？

前巨人队桑田真澄先生曾经说过这么一段好话：

“教别人打棒球不是为了把每个人都培养成职业棒球选手，而是希望让更多人体会到棒球的乐趣。”

不是每个人都能成为职业棒球选手，而且也没有那个必要。不过，只要付出努力学习棒球的基本打法，自然就会喜欢棒球。这么一来，便能更享受打棒球的过程，看球赛时也会更尽兴。棒球的乐趣不亲身试试是无法体会的，所以自己是为了这个目的而教学——桑田先生这么说。

小说也是一样，不用每个人都当职业作家。严苛的现实里，只有极少数的人能成为职业小说家，更何况能只靠写小说过活的人更是屈指可数。

不过，不需要每个想写小说的人都成为职业作家。重要的是，自己亲自动手、让心自由翱翔，试试看写小说。这么一来，就会愈写愈觉得有趣，阅读的时候也能更加深刻地品味小说。

不仅如此，对事物的看法、想法也会更具深度，就连“活着”这件事，也会变得更加充满喜悦。

从过去某个时刻重活一次

我再介绍作家森敦曾经说过的一席话。

森敦[①]是在1974年、六十二岁时获得芥川奖的作家。直到2013年，黑田夏子[②]女士以七十五岁的年纪获奖前，他曾是历届最高龄的芥川奖得奖作家。他在领奖时所说的感言，非常完美地体现写小说的醍醐味，让我印象深刻。他是这么说的：

“单纯地回顾从前是‘回想’。而写小说不是单纯的回想，而是能从过去某个时刻重新再活一次。”

我想在将来想要写小说的人心中，或多或少都会边写边回想自己的人生路上发生过的事，而产生想要整理内心情感的心情。

不过，自己实际动手写写看就会发现，写小说的过程不是

---

① 森敦（1912—1989），日本小说家，生于长畸市，著有《月山》《鸟海山》《意义的变容》等。

② 黑田夏子（1937—　）日本小说家，生于东京市，凭作品《ab 珊瑚》获日本芥川奖，是该奖最高龄的获奖者。

只回顾自己的历史曾有过这样、那样的事而已，也不只是回想当年的美好或痛苦经验。

写小说的时候，你会看见某种“可能性”。然后，会有一种仿佛自己能从那个时刻再重新活一次的感觉。

如此一来，自己对过去的想法就会出现改变。而且，当下眼前所见的风景也会转变成对未来的期许。

站在约定俗成的世界之外

平常我们总是活在约定俗成的环境里，社会的现实、日常生活的现实，全都约定俗成地运作着。

这些约定俗成的事其实是人为塑造出来的社会规范，但因为被我们视为理所当然，所以几乎不会特别留意。“自己活在一个任意塑造的世界”这个事实倘若不试着从世界外侧观看，是浑然无所觉的。

写小说或阅读小说，就是“站在约定俗成的世界之外”的经验。或许你会怀疑“要怎么站在所谓的‘外侧’?”不过，或许你也有过这样的经验。读了真正杰出的小说之后，觉得自己眼中所见的风景忽然为之一变，这是非常不可思议的感觉。

写小说有时也会发生同样的事。站在约定俗成的外侧写作，自己认为理所当然的常识会开始发生动摇，而展开一个新世界。在此时看清的如同“真实”之物，就算只有一点点也好，若能用语言表现出来时，人就会体会到写小说的醍醐味。

不过，这个时候一直站在外侧也不好，一定要再回到原来的位置。小说和小说家最后都要回到地面站稳在大地上，坚实地活在日常的世界里。唯有如此才能真正成为小说家。

所谓“站在约定俗成的世界之外”，也就是从以“二元对立”为基础的近代价值观解放出来。“近代”这个时代几乎都从事物的对立面来理解万物，如“生与死”“梦想与现实”。可是在古老中国的阴阳思想里，二元论的“生与死”“梦想与现实”并不是互相对立的事物，不如说是调和或应该调和之物。

还有佛教的世界观中，具代表性的思想如“一即多，多即一”也超越了“二元对立论”。也就是说，“生＝死”“梦想＝现实”。近年兴起的佛教风潮，或许正象征着“近代的智慧”已经走到极限了。其实我们活在任意塑造的世界里，要到外侧才能看见“真实”。可能有很多人已经开始注意到这一点了。

新世界如能在自己面前展开，对“自己”的感觉也会随之改变。

在看见新世界之前，也就是还活在约定俗成的世界里，人往往认为自己只是社会的一分子或只是某某人家、某某公司的一员。但当新世界豁然开朗时，就会了解到并非如此，而有感于“自己是构成世界的一人”。自己绝非部分社会中的一个要素而已，而是和大家一起活在这个世界上，是世界的本身，会产生这样的感觉。

没有枉然的人生

• 自己试着写小说的话，不管写小说或阅读小说，乐趣都会加倍。

•试着写小说，能从过去的某个时刻重新再活一次。

•写小说会展开一个新世界，可体悟“自己就是世界、自己和世界一体”的感觉。

写小说的乐趣或醍醐味汇整如前。我想各位已经了解到，对你的人生来说“练习写小说的修业不是枉然”。

相反而言也是如此，也就是说“对小说而言，没有人的人生是白费的”。至今你所度过的人生、曾经有过的经验、尝过的喜怒哀乐等情感、付出的事物，没有一项是徒劳无功的。任何事情都可能成为写小说的好题材。就算不完全照实写出来，也能以不同的形式存在。到那个时候，你的心中一定会涌现对自己人生的感谢之情。

你过去的人生也许是为了你将来要写的小说而存在的。为了写出这个作品，你被生到世上来，有哭有笑地努力活到现在。

这个作品对你而是言不仅是无可取代的作品，或许还能够打动许多人的心。

不如就从现在开始，写下属于你的作品吧。

书末对谈

角田光代与根本昌夫

——慢慢写下相信的事物

角田光代的处女作是1990年获得第九届海燕新人文学奖的《幸福的游戏》。当时本书作者担任《海燕》副总编辑，两人因此结缘。此外，已故的法文学者兼作家的平冈笃赖先生是两人共同的恩人。作者于早稻田大学就读期间及毕业后担任《早稻田文学》的编辑人员，因而认识平冈老师，角田光代则是在就读早稻田大学时向平冈老师学习文学，并提交毕业论文。本文是在2010年8月举办的平冈笃赖文库开馆一周年纪念演讲会上，两人以“知的喜悦　阅读的乐趣　写作的快乐”为题进行的对话，再针对本书的需求重新编排而成。

（出版部注）

写小说是难为情的事?

根本　以前，我曾经和一位获得群像新人奖的男性在颁奖典礼的三次庆祝会后一同搭出租车回家，他把刚到手的奖状递给我说：“我没办法把这个带回家。”我问他为什么，他说：“不觉得很害臊吗？送你吧。”

吉行淳之介也曾说过："写小说就像在银座街头光着身子倒立走路一样，令人难为情。"关于这一点，平冈老师说："即使说得那么夸张，如果只觉得难为情就能解决，那你不要搞文学好了。"

角田小姐，写小说果然令人难为情吗？

角田　是难为情啊。我也一直觉得真难为情，虽然在大学读的是文科，完全没跟同学提过自己在写小说或报名新人奖的事，就连父母亲，我也没有对他们说。

不觉得难为情是在写作开始变成工作之后。不过基本上还是觉得难为情，到现在还这么觉得呢。

根本　即使一直觉得难为情，角田小姐还是想要成为小说家。可以谈谈这方面的始末吗？

角田　我在幼儿园的时候不太会讲话，交不到朋友，所以老是自己看书，我非常喜欢书。上了小学之后，虽然交到朋友了，仍忘不了幼儿园时深受吸引的读书乐，小学一年级时，在作文当中写道："将来的志愿是成为小说家。"

我从小学到高中毕业的十二年间，课业表现不算理想，尤其是数理特别弱。只有国文课能够理解，也可以在课堂上读小说，所以唯独国文课上得很开心，成绩也不错。虽然这么说有点自吹自擂（笑），作文也很拿手。不过，以前我不知道怎么把作文写成小说，不知道将来要怎么进入小说的行业，或者自己如何离小说而去。因为不知道，心想上了大学就会有人教我，而当时可以学习写小说的大学还很少，所以报考了其中之一的早稻田大学。我不是为了念书才考大学，而是为了成为小说家，与其说上大学，还不如说我是去职业介绍所，希望对方介绍小说家的工作给我。

根本 于是你在早稻田大学接受平冈老师的指导，提交了毕业论文，小川洋子小姐也是请平冈老师指导论文。我向平冈老师借阅了两位的毕业论文，两位都是九十五分。是不是只要在早稻田大学拿九十五分就能夺下新人奖呢？（笑）

不读书就写不出来

根本 我在大学或文化中心指导立志成为小说家的年轻人时，必定学平冈老师这么说："不阅读的人写不出来，不写作的人读不出个所以然。"平冈老师说过："自己写就会有不一样的读法，因为读法不一样，写法也会有所改变。"角田小姐刚踏入文坛时曾说自己没读过多少小说，其实不是这样吧？

角田 其实是读了不少，因为我从小就开始阅读，上了语文科系后老师也常交代要读这本、读那本，所以对于读书量还算有自信。

但是在我获得新人奖的颁奖典礼那天晚上，一群资深的编辑在酒吧问我，有没有读过这本、那本书，当我回答没读过时，就被他们说了“亏你读得这么少，居然还能出现在这里”之类的话。（笑）

根本　角田小姐还很年轻，外表也很出众。说到上世纪90年代，那时还有没把头发染成咖啡色的作家吧？角田小姐有染发，因为形象的关系才会被误认为不常阅读吧。

还有，角田小姐不是没有阅读，而是对不知道的事老实回答不知道。我想这一定是因为你没有把不知道的事，假装自己知道敷衍了事的缘故。

那之后，角田小姐接到很多写书评的邀约，非常用心地完成每一个工作对吧？

角田　说到书评，有的作家愿意写，有的不愿意。我想愿意写的作家反而算少数，我在获颁新人奖的那天晚上被说“你真的读得很少，实在令人挂心”，对方说既然想当小说家就必须多读，而且要我多方广泛地阅读，这件事一直难以忘怀。

到了二十三岁的时候，我决定以后无论如何都要多阅读。读了书之后写感言的工作，不管是书评、新书介绍还是感想文，我决定都不要推辞，所以一次也没拒绝过。后来开始变得抽不出时间来，如果来了十件邀稿，我会接下五件，以这样的速度继续着。

我这么做，根本上还是有平冈老师说的“不阅读的人写不出来，不写作的人读不出个所以然”的观念存在。

根本　我不认为没有阅读、还没读过是很糟糕的事。不过，既然往后要一直写作，就必须下定决心将来一定要多阅读。对于没有阅读，觉得好像有点可耻。现在的学生就少了这么一点自觉，就算不读也觉得无所谓，和角田小姐的差异就是这一点。角田小姐明明一直有在阅读，到现在仍努力地持续下去，所以才有今天的成就。

好小说具有让人一读再读的铺排

根本　平冈老师还曾说：“小说要禁得起一读再读。”关于这一点，角田小姐怎么看呢？

角田　若就“一读再读”这一点来思考，我觉得现在的社会似乎真的比较偏好阅读不用再读一次的作品。时下追求的是容易理解的作品。只要稍有不易理解、容易卡住的地方，就等于不好看、没有价值，很容易被这样判断，对此我有切身的感受。

其实，读到像这样有点难懂的作品时，有“现在的自己还不成熟，五年后再读一次看看，那时或许就会懂了”这样的想法很重要。

根本 是啊。我在课堂上也经常这么说，不过好小说往往具有让人想要一读再读的铺排。缺乏这种铺排的小说，或许丢了又何妨。最近，我在写作班举《城中之霜》为例，这个作品是完成于昭和十五年（1940年）的短篇小说，属于时代小说，但写得让人想要一读再读。我认为，角田小姐的小说也有让人想要一读再读的效果。

让人想要再三阅读的小说，有因为精彩好看而想要再看一次，也有一句话，或一个场景深植人心而想要一读再读的情形。所谓小说，不是昨天读不懂，明天就会读懂的东西。但是隔两年、三年、十年后再读，以前看不懂的地方忽然能领会了，或者对之前漏看的地方有很深的感触，这种情形很常见。

二十岁的时候，小说回答二十岁的自己，到了八十岁，小说回答八十岁的自己，我认为这样的小说就是优异的小说，而且小说要能够这样才有重读的意义。

角田 你说得没错。平冈老师曾说：“要读值得一读再读的作品。”这句话年复一年，让我觉得应该更加深刻地思考。

慢慢思索答案

根本 角田小姐的小说，比方说我读了《对岸的她》。然后就会发现，关键词出奇地简单。对于“我能做自己到什么时候？我们为了什么增长年龄？”这个疑问，答案是“为了相遇，为了选择相遇，为了选择而用自己的双脚行走”。化成语言的话，就是这么回事。

虽然仅仅如此，角田小姐写了六百张稿纸，主人公真的是慢慢地、慢慢地思考，也就是以“小说的速度”来书写。评论家只要花三行就能说明的事，你用了六百张稿纸，这正是所谓用小说主角的话语来表现。

角田 我自己读过的小说都是没有正确答案的小说，我是这样成长过来的。我们生活在现实当中的常识或善意等，在小说中并不适用、自己认为正确的事在这里是不成立的，我读小说时有这种感觉。所以认为读了小说就能获得正确答案、就能确切知道什么，如果用这样的心情来面对小说，我想一定会失望。

我在写小说的时候，非常留意决不要把自己认为的正义、自己认为的标准答案或自己认为的善意带进小说里。

根本 角田小姐以前在朝日新闻的专访中曾说过这样的话。我大致念一下：

“我在处女作《幸福的游戏》里描写了基于个人选择而成立的模拟家庭，十二年后的《空中庭园》则描写另一个毫无选择余地因血缘关系维持的家庭。我总觉得这两个作品其实是同样的小说。也就是说，我花了十二年的时间思考同一件事。当然，我并没有得出明确的结论。所以，以后我大概还会写出和处女作一样的小说吧。尽管明知自己可能仍然得不出答案。”——你是这么说的。

这篇报道到现在已过了八年，角田小姐这次推出的小说《我是纱有美》，果真如你所言啊。

角田 是啊。《我是纱有美》是目前最新出版的小说，这本小说也是从不同的角度思考相同的事。我先花了十二年描写没有血缘关系的家庭，十二年后觉得腻了，开始描写有血缘的家庭，描写了血缘后，这次出版《我是纱有美》的小说。虽然不在这里说明小说的内容，不过写的也是思考不同形式的家庭。

什么是家人？——这是我一直在思考的事。

根本 《第八日的蝉》虽然有点不一样，但在某一层面上仍具有共通的议题。我认为小说家在思考的问题只有一个就够了。对于这个课题慢慢地、慢慢地写，虽然不知道能不能得出答案，还是慢慢地写作，这就是小说家。

写下自己想要相信的事

角田 说到结论，虽然话题不太一样，关于小说的结尾，我刚踏入文坛时，当时《海燕》的创刊主编寺田博先生一直对我说一件事。就是我写的小说非常厌世，这么厌世不好、不好，他说了好几次。

当时的《海燕》的风气是长辈可以向晚辈说教，所以我想是因为这个人看我年轻而想要表达点什么意见吧，一直没放在心上。不过同样的事，寺田先生是一说再说。

有一次，大家一起去了一趟温泉旅行。散步的时候寺田先生又开始说“角田的小说很好看，但还是很厌世”。我心想又是老调重弹，不过那时刚好是《空中庭园》落选直木奖不久，这次我就没有左耳进、右耳出了。

根本　直木奖选考会上井上厦的评论相当严格呢。

角田　没错。《空中庭园》为什么没获奖，直木奖选考会的评语都很严格，这次的评语和寺田先生一直对我说的事第一次在自己的心中猛然地连结了。寺田先生说：“不写出希望就留不下来。现在通过时间考验的小说全都含有希望。”花了将近十五年的时间，我终于了解寺田先生的话。

根本　你的作品后来有了改变。

角田　是的。我认为有希望的小说不是写出我相信的事，而是只要写下我想要相信、希望是这样的事就好。我开始这么想，于是写下了《对岸的她》。

这是我第一次写出欢乐结局的小说。不过世上更欢乐的小说何其多，可能会有人认为这样哪算欢乐结局。但是我想一直和我一起阅读、一路支持我的朋友会懂得。为了写出相信如此一点小小的希望，我竟然花了这么多的时间。

从我踏入文坛一直读我作品的编辑、新闻记者们在《对岸的她》获得直木奖时，在报道上这么写："角田小姐首次写出欢乐结局的作品。"

吃过苦的作家实力强健

根本　刚刚提到直木奖选考会的话题，评审委员必须说出落选作品的负面评论或这本比那本出色。不过，其实得奖作和落选的入围作并没有那么大的悬殊差异。

但是站在落选者的立场，不但落选还被说了坏话，一般而言当然是觉得不好受。

角田　真的是不太好受。如果是自己报名而被发表了负面评论还可以理解，因为是自己的责任。不过明明不是自己报名，只是有一天不认识的人突然来了通知说"你的作品入围了，是否接受？"……这种时候大多都会说"我接受"吧？

如果说"不接受"，好像要大牌，也会被围剿说"这人到底在想什么"吧？所以，自然是顺从地、低调地说"我接受"。

结果就是落选了。明明不是自己主动报名的，径自被选上又遭剔除，还一定要外加负面评论。真的相当耗损心力呢。

根本 角田小姐落选芥川奖三次是吗？

角田 是的，三次。

根本 那三岛由纪夫奖呢？

角田 也是三次。

根本 真辛苦啊。

角田 是很辛苦。野间文艺新人奖也落选一次，第二次才得奖。

根本 落选三岛由纪夫奖三次该不会是创下新纪录吧？

角田 没那回事，有人落选更多次。

根本 芥川奖的话，岛田雅彦有落选六次的纪录。
角田小姐正因为有这么一段吃苦的时期，反而实力强健。我想你现在是读者最多的作家之一，将来也会保持平稳的步伐。听说司马辽太郎和藤泽周平刚开始时就算出版小型的文库本也卖不出去。不过愈是吃过苦的作家，后来愈是实力强健。

相反的，没有累积多少经验就一跃成为畅销作家，作品马上翻拍成电影，或一下子就获奖的人，当然也有顺利发展的情形，不过也往往会有后继无力的状况。

我认为，小说家或许需要“培养基本能力的时间”吧。角田小姐持续不断地思考，连寺田先生也说“角田她都没偷懒”哦。所以你是能够一直持续写作的作家。